朵朵
向阳开

蔡雅芳 ◎ 著

暨南大学出版社
JINAN UNIVERSITY PRESS

中国·广州

图书在版编目（CIP）数据

朵朵向阳开 / 蔡雅芳著. —广州：暨南大学出版社，2018.11
ISBN 978 - 7 - 5668 - 2416 - 5

Ⅰ. ①朵…　Ⅱ. ①蔡…　Ⅲ. ①中国文学—当代文学—作品综合集　Ⅳ. ①I217.2

中国版本图书馆 CIP 数据核字（2018）第 179542 号

朵朵向阳开
DUODUO XIANG YANG KAI
著　者：蔡雅芳

··

出 版 人：徐义雄
责任编辑：周玉宏　黄志波
责任校对：傅　迪
责任印制：汤慧君　周一丹

出版发行：暨南大学出版社（510630）
电　　话：总编室（8620）85221601
　　　　　营销部（8620）85225284　85228291　85228292（邮购）
传　　真：（8620）85221583（办公室）　85223774（营销部）
网　　址：http://www.jnupress.com
排　　版：广州良弓广告有限公司
印　　刷：佛山市浩文彩色印刷有限公司
开　　本：850mm×1168mm　1/32
印　　张：5.5
字　　数：140 千
版　　次：2018 年 11 月第 1 版
印　　次：2018 年 11 月第 1 次
定　　价：32.00 元

序 放飞理想

得知蔡雅芳同学出书的消息，除了高兴，我没有丝毫的惊奇。因为在我的心目中，这样一个勤奋好学、博览群书、不懈追求、才华横溢的年轻人能够正式出版自己的文学作品集实在是早晚的事情，毕竟这是她自小立下的志向和多年放飞的理想。

蔡雅芳五岁熟读唐诗，十岁默写宋词，十二岁仿创元曲，十七岁编撰自己的现代诗歌散文集，十八岁凭借自己优秀的文学功底考入中国戏曲学院戏剧影视文学系。至此，如虎添翼的蔡雅芳在文学创作的艰辛道路上一发不可收，几年来创作了大量的诗歌、散文、戏剧、影视评论作品，并有幸代表中国大学生参与国际大学生戏剧联合创演。

蔡雅芳年纪轻轻，却深知"文学"其实就是"人学"的深奥哲理。故而，她的文学作品既有对人生意义、人生价值的铮铮叩问，又有对人类进步、美好未来的绵绵憧憬；既能给读者带来心灵的震撼，又能使读者的精神得以愉悦。的确，读她的文学作品，人们不仅可以享受其惬意之美，更可以领略其深远意境。同时，蔡雅芳作品中丰富的知识、感人的情节乃至深刻的思想和哲理，总能让人视野开阔，使情操得到陶冶。我想，正是由于蔡雅芳具备了积极向上、努力追求、不懈进取的心理品质，才给了她正能量的创作灵感，而正能量的创作灵感又必然会驱使她书写出青春亮丽的厚实文章。

理解了"文学"其实就是"人学"的道理，塑造对生命的崇尚与热爱便成了蔡雅芳牢牢恪守的文学创作原则。翻阅蔡雅芳的文学作品，抑或是华美的诗章，抑或是婉转的词作，抑或是瑰丽的散文，抑或是明理的戏剧，甚至包括她的镌刻、书法、绘画，以及皮影和陶器制作，每一份作品无不彰显出对生命的尊重与欣赏，既让阅赏者从或恶或善的人物形象身上区分美与丑、好与坏、真与假，又让阅赏者从或悲或喜、或成或败的人物命运中感悟人生要义，进而激发出对生命的敬意。可以说，蔡雅芳的文学作品就像是生态原野中的簇簇鲜花，枝枝鲜艳，朵朵向阳。

"人如其文，文如其人"，将这句引申并改变过来的话用在青年学子蔡雅芳身上，一点儿也不过分。生活和学习中的蔡雅芳天真、活泼、正直、善良，对自己的物质条件从未有过多要求，对自己的作品从不自吹自擂。她只是默默地在自己的文学创作道路上埋首耕耘，一步一个脚印地书写和放飞着自己的理想。

曹书田

2018 年 3 月

目　录
contents

第一编

诗 歌

古旧不凡

我摇着遗留百年文人手中的折扇
默默站在月光光影下的篷船上
穿越时空冷风的凄寒
映衬记忆中渔舟的唱晚

我穿着白发苏州细腻的绸缎
静静听着织机倾诉的辛酸
点点团团的色染
带来大海中和平的扬帆

我听着岁月更替历史敲响的鼓点
细细数着时间过客朦胧的衣冠
文人墨客文化人格的孤单
却换来中华文明千年的斑斓

我登着风干千年却坚韧依然的石板
高高望着华夏子孙的标杆
汉白玉执着不倒的承担
筑就堂堂中华泱泱大国的不凡

2010 年 8 月 1 日于长沙

哭玉树

这哭泣着的土地
让人哀伤得不能自已
曾经美好的家园
今天却化作无奈的叹息

这哭泣着的土地
伴随着阵阵的哀乞
今天的哀乞
能否让他重回母亲的怀里

这哭泣着的土地
独撑着羸弱的根基
脆弱的心底
还能经受多大的打击

这哭泣着的土地
以往是那样的欢喜
依偎在母亲的怀里
从不担心别人来欺

可是今天
只剩下孩提的孤寂
只剩下求助的哀乞

只剩下遥远的记忆
梦究竟有多远的距离
让哭泣的孩子能重回母亲的怀里

2010 年 4 月 14 日于长沙
2010 年 4 月 20 日发表于《长沙晚报》

情断圆明园

我站在这里
面对废墟
昔日的美好
已为陈迹

我站在这里
回首记忆
往朝的繁华
化作叹息

我站在这里
无语啜泣
民族的罗绮
如何再启

我站在这里
恨不能早生百年
如能守护
我愿死在这里

我站在这里
见此思彼
百年的错误

成为残垣断壁

我站在这里
捧玉心焚
不能自已
消逝的美丽
羸弱的哀乞
如果可以
我愿用我的生命
换回百年前的那个你

2010 年 12 月 15 日于北京

写给孩子们的信

小天使
我想请你慢一点长大
忘记其他人对你的期望
不要跟随别人对生命的定义
勇敢地做你想做的自己
听从你内心的声音

小天使
我想请你永远保持一颗纯洁的心
遇到不公平和非正义的时候
勇敢地向这个世界喊出你的声音
哪怕没有回应
也要让自己心灵的土壤　磊落光明

小天使
我想请你记住自己为什么出发
为什么想要到达
一直勿忘初心
哪怕一分耕耘换不来一分收获
你也要坚信星辰大海折射在你的眼睛
只要你不轻言放弃

小天使
我想不管你的周围有多少人否定你
哪怕他们和你无比亲近
你都要相信自己的能力
因为
没有人能够主宰你的未来与命运　除去你自己
也没有人能比你自己更了解你的实力
他们只能看到你天使的脸庞
却忽略你磁性的声音
他们只了解你外表的脆弱
却忘记你内心的坚挺
他们喜欢循规蹈矩的孩子
像天使一样飞翔的孩子很难得到他们的肯定

但是
小天使
我想请你放下身上背负的枷锁
不要忘记
你是长了翅膀的
和其他孩子都不一样的孩子

所以
不管多难
都不要放弃
不管一路听到多少声音
都请保持坚定　勿忘初心

因为

你就是你
是这个世界上独一无二的你
还因为
你是上帝最宠爱的孩子
你的名字叫做"天使"
Believe it or not, we are angels.

2017 年 6 月 1 日于长沙

笨小孩

笨小孩也有梦想
相信洒满大地的阳光
相信满天繁星的愿望
笨小孩会不会让你失望
他有一双受伤的翅膀
挣扎着望向远方
挫折使他迷失了方向
他却执着地相信能够飞翔
笨小孩有个小小的愿望
希望有一天能够像聪明的小孩一样
周围有赏识的目光
也有那鼓励的扶帮
爱能帮他包扎受伤的翅膀
温暖他的胸膛
笨小孩和其他小孩一样
渴望爱　也渴望阳光
渴望美好　也渴望善良
笨小孩的世界
想要的不多
只要有爱就有希望

2016 年 1 月 26 日于长沙

心中的梦

站在那片天空
我的心中有个梦
梦里的彩虹
追随着乌云下的雨滴
梦中的想象
伴随着跳跃的音符
音符的悠扬
在城市中流动
流入那天空

2005 年 2 月 1 日于长沙

朵朵向阳开

你说你一定要向着太阳
因为太阳的温暖促进你童年的成长
你说你一定要向着太阳
因为太阳的光芒照耀你飞翔的翅膀
你说你一定要向着太阳
因为太阳的温热催发你追求的渴望
你说你一定要向着太阳
因为太阳的光辉照亮你豪放的思想

2009 年 6 月 1 日于长沙

岁月如歌

岁月如歌
轻响在你我耳蜗
我们仔细倾听
寻觅以往的快乐
但一瞬间
尘世已然走过

2006 年 3 月 1 日于长沙

看月儿圆圆

看月儿圆圆
你我却不能团圆
那月亮的笑脸
是你我的明天
而今日的我们
却只能哭着说再见
但我们应该相信
那月亮的笑脸
就是你我的明天
明天你我的手牵
会捎给你我的思念

2008 年 9 月 7 日于长沙

致凡·高

一颗心要有多孤傲
才能不被世俗打扰
毕竟这世界太小
从来都喧嚷吵闹
千篇一律的皮囊太多
别具一格的灵魂太少
特立独行的天才总是被嘲笑
泪藏在了眼角
汗湿透了眉梢
曲高和寡的人能有多骄傲
空有一颗千疮百孔的心罢了

2017 年 9 月 18 日于纽约大都会博物馆

笔落随行

我站在静默哭泣了一百年的土地
聆听着历史更替岁月沧桑的声音
屹立北京城郊世纪的孤寂
与百年前卓然于世的繁华做着对比
我摸着祖先精雕细琢的手笔
触碰着堂堂中华传承的文明
五千年人文智慧的洗涤
呈现华夏傲然于世的足迹

2011 年 8 月 1 日于长沙

孤　寂

喧嚣的城市
却也那样孤寂
穿梭人群的涌动
可怎么也看不到你
我们还是那样的分离

2008 年 3 月 3 日于长沙

离情别意

忘不了你
因为你总在夜晚装点着我的梦
闪闪的星星
伴随你朦胧的笑容
游人的离别与重逢
无比的匆匆

2013 年 4 月 5 日于北京

关于距离

有人说时间就是距离
不管是长是短
都标注一截曾经的记忆

有人说路程就是距离
不管是远是近
都阻碍一段人们的团聚

有人说海峡就是距离
不管是宽是窄
都筑起一道隔离亲人的藩篱

我说时间没有距离
管它春夏秋冬　一年四季
只要我们把记忆永存心底

我说路程没有距离
管它艰难险阻　坎坷崎岖
只要我们鼓起出发的勇气

我说海峡没有距离
管它暴风骤雨　波高浪急
只要两岸人民的心贴在一起

2014 年 12 月 1 日于北京

钓鱼岛

钓鱼岛
中国的土地
每尺每寸每分每厘
都印记着我们民族的呼吸

岛上的树木
彰显着华夏的翠绿
岛上的花草
怒放着华夏的绚丽
岛上的石子
凸显着华夏的刚毅
岛上的泥土
汲取着华夏的汗滴

而今天
我们神圣的土地
却险遭强权的奴役
太阳旗妄想插上我们的土地
海风怒吼着
强盗强盗滚出去
海浪咆哮着
强盗强盗滚回去

我们的钓鱼岛
一个自古归属于中国的岛屿
岂容他人在此"钓鱼"

2013 年 11 月 23 日于北京

你是大山的孩子

你是大山的孩子
阳光普照、春暖花开是你内心淳朴善良的种子
爸爸妈妈迫不得已的离开让你早早地学会了懂事

你是大山的孩子
挑水、砍柴、喂猪是你记忆里童年最美的修辞

你是大山的孩子
山里来 河里去
每一天都是你的生日
小溪里倒映着你的影子

你是大山的孩子
多少年不见了父母
只有照片是你表达思念的镜子

你是大山的孩子
数十里连绵不绝的山路记录着你少年求知的艰辛
你是大山的孩子
用竹棍书写着城里孩子的钢笔字
将土豆吃成了世界上最贵的美食
把稚嫩的小手当成开辟大山洁净之门的钥匙
用手扫地 清理 一次又一次

一切的不公就只因为你是大山的孩子
祖国的花朵身上竟隐藏着无数说不出也道不尽的哀思
怎堪比那车水马龙、歌舞升平的城市
只因为你是大山的孩子
但是
孩子啊
请你相信
努力读书是永恒的真理
只有知识才能改变你们原本既定的命运
出身只是人生路上小小的一笔
只要你有梦想
不放弃希望
总有一天我们会给你插上一双飞翔的翅膀
带你自由地翱翔
孩子
请相信

2014 年 3 月 5 日于北京

"空想者"的倔强

他们问你属于你的梦想
你稚嫩地回答
却没有一个人鼓掌
他们以为这只是你年少的幻想
你告诉他们这是你的希望
是你一路前行的力量
他们坚定地说你一定会受伤
于是
你咬咬牙
什么也没有讲
他们问你
你的未来究竟路在何方
你骄傲地回答
前头的路还很长
直觉会告诉你前行的方向
他们摇摇头
说这是属于一个"空想者"的倔强
于是
你转过身
让泪水打在冰冷的地上
把心送给自己坚信的远方
把孤独一股脑儿扛在了自己弱小的肩膀
很多年后

他们问你
成功的秘密
你说是热切的渴望和为他人着想的善良
他们说是你让他们看见了曾经坚持却最终放弃的理想
原来他们骨子里从未把这痛苦遗忘
他们问你
有什么办法对抗午夜袭来的孤独与忧伤
你摇摇头
想起了曾有的一段过往
也有过迷茫
那么的忧伤
没有人陪伴
远去了故乡
还有那离开你的情郎
有过心酸　有过绝望　最终却选择了坚强
用执着将梦想的灯点亮
追梦的路上
谁没有忧伤
谁不会惆怅
谁能不彷徨
谁预料得到明天的方向
其实
最后的最后
只是看有多少人的笃定终究败给时光

2015 年 3 月 20 日于北京

我　想

我想有一个安静的早晨
和你一起寻找高棉的微笑
我想有一个温暖的午后
和你一起沐浴阳光的美好
我想有一个诗意的夜晚
和你一起一仰头就能看到星星的光亮
我想和你环游世界　阅遍世间美景
我想和你把酒言欢　畅谈人生理想
我想　我想　我想
不管我在哪里
只要你在　就很温暖

2017 年 3 月 26 日于浏阳

如果我不是今天才知道

如果我不是今天才知道
我不会肆意挥霍你的关心

如果我不是今天才知道
我一定会看到你眼神深处带着泪的笑

如果我不是今天才知道
我一定会理解表面风光内心深处的寂寥

如果我不是今天才知道
即使自己无法分身也会记得给你发短信

如果我不是今天才知道
我会用爱跨越寒冬给你一个久违的拥抱

如果我不是今天才知道
生命的顽强与执着我会让你明了

如果我不是今天才知道
我会与你一同见证一棵小草的长高

如果我不是今天才知道
我会早一些正视你的好

和你一起听充满纯真的童谣
在夏夜里吹那支久未鸣唱的箫

如果我不是今天才知道
即使青山隐隐水迢迢
我也会和你把绿水人家绕
笑对垂髫
重走断桥
看万里雪飘

2014 年 6 月 2 日于北京

Dear Sharleen

亲爱的馨姐姐
你的微笑穿过时间的长河
我知道什么样的生活才是你所渴望的
也了解你在闲暇的时刻喜欢读什么样的书
清新的气息和无止境的魅力一直会陪伴着你
不管我在何处驻足
我都能看到你眼睛里闪烁的慈悲和善良
这是你独特的标志
你是同情心、责任心、时尚和美丽的结合体
有着与生俱来的贵族气质
就像天上的彩虹
抑或是夜晚的明星
不管世事如何变迁
你都保持本真、智慧
还有对于生命的忠诚
这是我由衷敬佩的
生日快乐我亲爱的馨姐姐
我会一直把你放在我的心里
并让蝴蝶带去我最美好的祝福
不管时间如何飞逝
我都会将我们一起度过的光阴永存于脑海

2013 年 7 月 17 日于北京

中秋月

月亮的两边
一样的阴晴圆缺
不一样的心语情结
我在这边
你在那边
所有的离愁
此时都已不见
只化作了月亮对面
浓浓的思念

2014 年 3 月 15 日于北京

写给妈妈的诗

牵着你的手
走在灯光昏暗的路口
就这样一直走一直走
让月光驱逐你心灵的忧愁
让快乐成为你最终的回首
这是我陪伴你的理由
让欢笑充斥你生活的小宇宙
天长或是地久

2013 年 2 月 2 日于长沙

上帝宠爱的孩子

坚强的孩子
快乐的孩子
勇敢的孩子
善良的孩子
都是上帝宠爱的孩子
为了赋予他们别人所没有的天赋
上帝给了他们别人所不会经受的考验、苦难与磨砺
坚强的孩子选择坚强
快乐的孩子选择快乐
勇敢的孩子选择勇敢
善良的孩子选择善良

从此之后
坚强与快乐
勇敢与善良
陪伴他们度过所有的时光
上帝给他们最好的礼物
来自他的一个吻
孩子们可以触摸到上帝慈爱的脸颊
得到充满美好的亲吻

上帝说
我爱你们

宠爱你们
所以给了你们这么多苦难
让你们能成为今天的你们
孩子们欢呼着说
我们是上帝宠爱的孩子
这一刻
上帝宠爱的孩子们
拥有了世间所有的快乐

2017 年 3 月 16 日于长沙

当你想我的时候

当你想我的时候
我在月亮里
弯弯的月亮
藏着浓浓的情谊

当你想我的时候
我在月亮里
寂静的夜里
默默地陪着你

当你想我的时候
我在月亮里
漆黑的夜
用月光照耀你
让你感觉到至少有我的温馨

当你想我的时候
我在天空里
飘飘的白云是我浅浅的笑脸
一直一直做你快乐的供给

当你想我的时候
我在高山里

我在云朵里
我在月亮里
我在你流露浅笑的梦里

2012 年 10 月 1 日于北京

海边的你

最让我着迷的
是海边的你
浅浅的笑容
那样的纯净
最让我欢喜的
是海边的你
随性的灵动
让我如此开心
最让我深爱的
是海边的你
孩子般的纯真
把幸福洋溢
我和孩子般的你一起
沉醉在这片海的神奇

2013 年 3 月 12 日于三亚

不知道如何爱你

我们之间隔着不远不近的距离
彼此都不敢靠近
每一次接近
都被深深刺伤心灵
让我停在原地
每一次我鼓起勇气
想表达自己
却都欲言又止
可是
无论风雨交加
还是伤口鲜血淋漓
我都陪你
站在原地
只是
我不知道
该如何表达自己
要如何翻译我爱你
只是静静站着
就这样卑微到尘埃里
卑微地爱你
原来
终其一生
我们要学习的功课

不过是
爱与包容
走了那么远的路
读了这么多的书
可是我还是不知道该如何爱你
是不是就这样
隐藏自己
把我对你的爱埋进心里
是不是就这样
永远卑微地爱你
方式错误地爱你
隔着不远不近的距离爱你
我想
如果
一切都没有机会重来
我还是不愿意敞开怀抱拥抱你
因为
我怕你
看到我碎了的心

2017 年 12 月 4 日于长沙

我与阳光一起生活

我与阳光一起生活
那洒下的金光是我久违的欢歌
我与阳光一起生活
没有阴霾没有烦恼也没有难过
我与阳光一起生活
放眼望去远处是大海的碧波
没有乌云的迷惑
只有海天一色的洒脱
如果有人问我
你为何一直微笑
我会大声告诉他
我与阳光一起生活
光明给了我快乐

2015 年 5 月 1 日于北京

不合群小孩

老师们都说
她是一个不合群小孩
不合群小孩不会和其他的孩子打成一片
不合群小孩喜欢对一切新奇保持沉默和内敛
不合群小孩不喜欢和其他孩子一起排队回家
不合群小孩只和图书馆里面的课外书说心里话
不合群小孩常常在家里对着镜子傻笑
不合群小孩特别怕被爸爸妈妈手里的扫帚追着打
不合群小孩没有耀眼的才华
不合群小孩孤单地长大
她不怕老师说她是不合群的孩子
却怕爸爸妈妈不告诉她他们爱着她
——给每一个别人眼里的不合群小孩

2018 年 3 月 3 日于长沙

还没有

还没有对深爱的人表达爱
还没有实现童年的梦想
还没有停下来享受人生
还没有去到全世界的每一个角落
还没有成为一个让亲人朋友都骄傲的人
还没有帮助更多深受贫穷与苦难折磨的人
还没有在静谧的月夜下对话凡·高
还没有在闪烁的波光里欣赏莫奈
还没有在西斯廷教堂的穹顶下凝视米开朗琪罗
还没有在康河的柔波里做一棵轻轻摆动的水草
太多太多的还没有
可是生命的长度早已经写好
时间一分一秒地在流逝
也许下一刻就没有时间留给这些还没有
爱钻研的我们总是在思索生命的意义
却忽略了　生命的意义　也许就是生命本身
生命的长度是有限的　任何人都不能改变
可是生命的厚度却是可以延展的
任何人都可以决定在有限的时间内怎样去过有着无限意义
的一生
任何人都可以决定是否让自己成为一个能够给别人带来温
暖的人
任何人都可以决定要如何热爱生命

如何感恩活着
如何练就一颗足够强大的心
别留下这么多的还没有
用心去完成吧
去实现你的梦想　去爱你身边的人
去远足　去欣赏　去体验　去感受　去用心爱
生命没有时间留给遗憾
没有时间留给憎恨
没有时间留给抱怨
更没有时间留给虚度
最可怕的是
当上帝给你的倒计时清零　问你来到人间的收获
你说　人生的乐趣从来没有体会过
最可怕的是
上帝问你爱过谁
你说　除了自己　谁也没有爱过
最可怕的是
上帝问你　你是一个怎样的人
你说　是一个碌碌无为的人

2017 年 3 月 15 日于长沙

To Live Your Life With Integrity

从小到大
我们习惯了被既定的规则所束缚
习惯了以外界的评判方式来评价自己的能力
习惯了怯弱地躲在别人划好的区域里
等待命运关于未来安排的遥不可及
我们彼此一起　却又都互不作声地摆弄着手机
把自己深深地藏在一个看不见的牢笼里
我们早已习惯了生活的安定
不敢向未知的方向踏出一步的距离
我们沉默　我们无言
我们迷失了自己
心的方向在哪里
是否那样遥不可及
当我们失去对不公平的反抗
当我们逆来顺受　批评着反抗不公世界的先行者
当我们习以为常
当我们失去梦想
迷失心的方向
一切都将变得不可想象
只是觉得还应该保留骨气
还应当存留善良
只是觉得不论怎样都不用隐藏
做真实的自己

不用闪躲
伫立于光明的角落
你好
每一个造物主的光荣产物
只愿你成为最好的自己

2015 年 4 月 24 日于北京

梦　想

有人嘲笑你的梦想
有人质疑你的梦想
有人唏嘘你的梦想
有人支持你的梦想
看不到的总比看得到的要来得凶猛
大大的世界
渺小的人类因为一个又一个关于改变的梦想而变得伟大
小小的世界
相知的朋友因为对未来的共识而变得亲切
不要让任何人打击你的梦想
有梦想就值得尊重和敬佩
有梦想就要去捍卫它
让魔鬼的爪牙远离你的心
远离你生命里最重要的地方

2015 年 2 月 24 日于北京

孩子你还那么小

孩子你还那么小
在你所能企及的范围内对着你遇见的每一个人微笑
稚嫩的小手在属于大人的世界里招摇
从不顾及有着天使与魔鬼两副面孔的他们是否知道
孩子你还那么小
一点一点在长高
爸爸妈妈的温馨把你环绕
人间的幸福与美好他们让你明了
邪恶与烦恼他们对你说不要不要
孩子你还那么小
看那阳光照耀着绿色的小草
你的纯真和善良那么的美好
你的稚嫩与青春让心不再苍老
孩子你还那么小
有些事情多愿你一辈子也不要知道
永远没有长大的烦恼
永远这样跳跃着奔跑
永远古灵精怪
永远像孩子一样
面对发生的一切朝着所有的人微笑
不管人生给你的画卷是多么潦草

2013 年 1 月 12 日于北京

追梦的孩子

追梦的孩子
眼里有光
眺望远方
昂扬着头
很倔强
追梦的孩子
有一双伤痕累累的翅膀
却执着地说要去飞翔
追梦的孩子
有着坚定不移的理想
相信美好在远方
只要张开翅膀
追梦的孩子
见过太多的风浪
扛过太多的重量
也不曾放弃自己的理想
风再大　浪再强
也不能成为他的阻挡
追梦的孩子
不是没有受过伤
不是没有流过浪
不是没有过绝望
只是选择了坚强

在通往梦想的路上
别人嘲笑的时候
强忍失望
经历失败的时候
耸耸肩膀
流血流泪的时候
咬紧牙关
破茧成蝶的时候
挥挥翅膀
所有脸上的轻描淡写
都是内心经历的种种沧桑
追梦的孩子
义无反顾
看淡人情冷暖　世态炎凉
我想疼一疼你
追梦的孩子
我想帮你包扎受伤的翅膀
我想疼一疼你
心疼你永远纯真的善良
你的倔强
是献给理想
你的美好
一定能到达远方

2016 年 8 月 26 日于长沙

童年的味道　长沙的味道

童年的味道是小巷子炸炸炸的味道
红红的辣椒　也是长沙的味道
童年的味道是新民路麻辣烫的味道
浓浓的汤汁　也是长沙的味道
童年的味道是萝卜丝煮鲫鱼的味道
鲜香的萝卜　也是长沙的味道
童年的味道是红烧牛肉米粉的味道
爽滑的牛肉　也是长沙的味道
童年的味道　还是妈妈做的油炸鸡翅膀的味道
远离家乡的时候总会想起这些
母亲的味道　长沙的味道　故乡的味道
每个人的故乡都有许多味道
你的故乡是什么味道
问问你的心
它会知道

2014 年 4 月 29 日于长沙

不会表达爱的小孩

有多少父母
把自己的孩子变成了不会表达爱的孩子
母亲的责骂
父亲的打压
让叛逆的种子在孩子们心里萌芽
这些深信自己权威的父母
从来不会聆听孩子们的表达
只一如既往地
用错误的方式
让爱成为一种强加
孩子们的脑海没有橡皮擦
受到伤害眼泪一秒就流下
倔强的小孩咬着牙
数着遍体的伤疤
再难得的才华
也抵不过他们的扼杀
再坚强的孩子
也难挡成天的谩骂
惊恐的眼里
分明有闪烁的泪花
孩子们喜欢画画
孩子们喜欢骑马
孩子们喜欢唱歌

孩子们喜欢打靶
大千世界的新奇让他们感到快乐
可惜的是
孩子们生活在一个爸爸妈妈都不会表达爱的家
变成了一个个不会表达爱的小孩
长大后
又都成了不会表达爱的爸爸妈妈
组建着一个个吝啬表达的家
有多少爸爸妈妈
深爱着孩子
却不知道该如何表达
其实
爱是尊重
爱是包容
爱是理解
爱是信任
爱是懂得
唯独
爱
不是强加

2017 年 9 月 5 日于纽约

美丽心灵

我当然会记得普林斯顿那一个温暖的午后
你摇下车窗明媚的笑脸
温暖了两颗曾经无处安放的心
我也不会忘记巴黎地铁站你转过身递给我的那两张地铁票
优雅善良的人
让冬日寒风凛冽的巴黎因为心的温暖再也感受不到严寒
我还会爱上因为有你而洁白如雪的纽约
偶然的邂逅
却让一整座城市的霓虹因为你的美丽心灵而点亮
还有炎炎夏日的北京
细雨霏霏的佛罗伦萨
雪花满地的莫斯科
信仰至上的梵蒂冈
阳光灿烂的莫尔日
美好清新的苏黎世
一见倾心的波士顿
永生铭记的柏林
浪漫气息的罗马
维护正义的曼谷
原来到今天
走了这么远

这一路
因为有你而精彩
谢谢给我温暖的每一颗美丽心灵

2017 年 10 月 3 日于纽约

不够好小孩

爸爸妈妈都说自己的孩子是一个不够好的小孩
同龄的孩子都乖乖听话
不够好小孩却顽皮叛逆
别人家的孩子循规蹈矩
不够好小孩却把规矩都推翻掉

被禁锢的小孩住进铁丝铸造的城堡
不够好小孩追逐着通往梦想世界的梯子
爬出了高墙围绕的城堡
幻想着有一天能看到蓝天白云椰林海岛

住在城堡里的孩子
他们不允许有梦想
当然
也就被剥夺了幻想
而不够好小孩
渴望看到外面的世界
渴望亲历无垠的美好

别的孩子遇到挫折会哭
放弃是他们的选择
不够好小孩
却没有放弃的选项

不顾一切地追逐
朝着阳光的方向
不够好小孩
选择了一条不一样的路
这路上荆棘遍布
几乎让他遍体鳞伤
可他总相信会有希望
爸爸妈妈眼里不够好的孩子
因为这些品质
因为这些执着的梦想
因为这些坚持的力量
成了茫茫人海里最独特的孩子
也变成了爸爸妈妈眼里最不能理解的样子

其实
我不懂
不够好小孩到底哪点不够好
孩子们是独立的生命
又不是物件
怎么能随便拿来比较

2018 年 2 月 17 日于长沙

第二编

随

笔

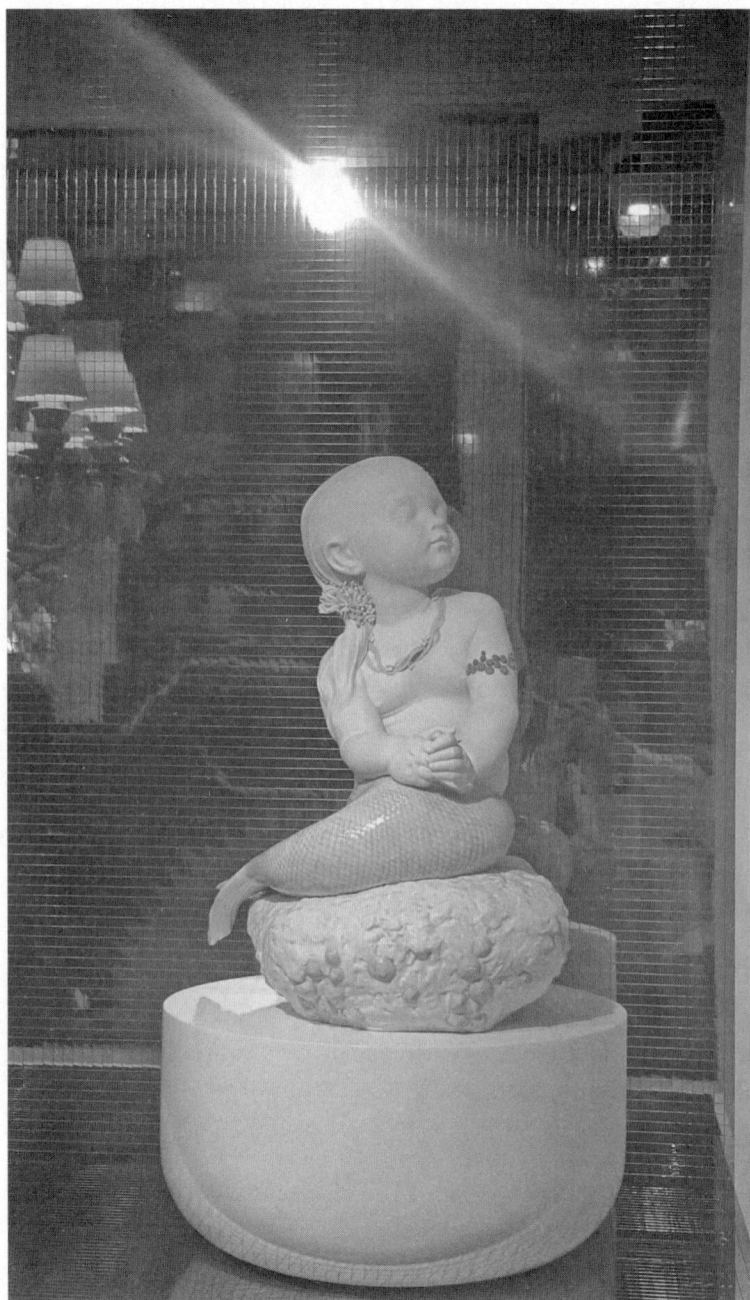

Starry Night

　　如果你不曾在纽约现当代艺术博物馆里隔着不远不近的距离注视着凡·高的《星夜》，感受身边来自世界各地涌动的人群对于这位特立独行的艺术家疯狂的崇拜与爱；如果你不曾去到荷兰阿姆斯特丹的凡·高艺术博物馆，在那里沉思半晌，回顾这位有着传奇经历的艺术家跌宕起伏的一生；如果你不曾在那些浓墨重彩的笔触里邂逅一个久经沧桑却仍然生生不息的忧郁灵魂；如果你没有在《文森特·凡·高自画像》上凝视着这位伟大艺术家的眼睛，和他进行一次穿越时空的对话，你都不能说你读懂了文森特·凡·高。

　　每一个特立独行的身影背后，都有一颗千疮百孔的心。很难想象，在无数个不受认可、备受煎熬的夜里，凡·高将怎样的失望与沮丧付诸手中紧握的画笔，但我们唯一可以从明暗交错的画作背后窥见的是一颗对艺术有着独一无二的见解且至真至纯的炙热之心。从凡·高的画作里，我们看到了他的内心世界。这是一位有着童稚之心的艺术家，虽然饱经生活的磨难与沧桑，内心却仍然保持对美好世界的无尽向往；这是一位有着悲剧命运的艺术家，尽管无论如何挣扎都逃离不出悲剧命运的枷锁，但也要用画作留下他生命的痕迹。

　　有一首歌叫做 Vincent，是美国歌手 Don McLean 写给文森特·凡·高的致敬词，歌词中这样写道：For they could not love you, but still your love was true. And when no hope was left in sight on that, starry starry night. You took your life as lovers often do. But I could have told you Vincent: this world was never meant for one as beautiful as you. （尽管他们不曾爱你，但你的爱仍至真至纯。在那个星夜，当希望不再，你像失恋的情侣那样结束了自己的生命。但我多想能告诉你，文森特：俗世凡尘，本就配不上如此美好的你。）

　　曾经站立在纽约现代艺术博物馆以及大都会艺术博物馆凡·高的真迹前，那时的我才发现这些画作是有灵魂的，在那些或粗犷或细腻或明朗或暗淡的线条里，在那些蓬勃生长、一望无际的麦穗里，在邮差约瑟夫·鲁林深邃无边的眼神里，世人眼里疯狂的凡·高仿佛有着洞穿一切的神奇张力，在这些被他捕捉的完美画面里，他想说的话语都通过油墨的色彩娓娓道来。凡·高告诉我们：我们可以通过无尽的想象力，伸手触碰到苍穹之上的点点星空；我们可以越过山丘，穿过金黄的麦田，感受喷薄欲出的生命力；我们可以通过人与人之间的善意，沐浴温暖心灵的束束阳光；我们可以被整个世界拒之门外，却仍然怀揣希望、美好和善良。

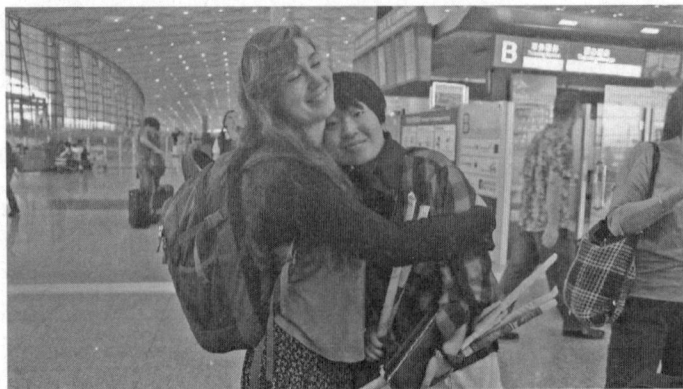

陌生人给的温暖

　　去过很多城市，用脚步丈量着这世界的广阔；经历了许多事情，有关喜悦、有关悲伤、有关愤怒、有关忧愁；认识了形形色色的人，用心感受过或多或少的温暖，来自亲人、朋友，抑或是陌生人。然而最让我印象深刻的是来自异国他乡街头的三个陌生人给予的关怀，在那片陌生的土地上，那三个瞬间，让善良的心灵依偎着彼此，很温暖。

　　第一个给我帮助的陌生人来自法国巴黎。在巴黎的地铁站，我用生疏的动作操纵着自动售票机。可是不知什么原因，机器不仅不收取投入的钞票，而且也不出票，我换了旁边的另一台机器也还是徒劳，站在我旁边的母亲只能因为买不着地铁票而着急。这时，一名吉普赛人仿佛洞悉到了我们的为难，他快步走到售票机前面，熟练地帮我操纵着自动售票机。他一出手，自动售票机竟然奇迹般恢复了正常。随后，他便向母亲索要一张二十欧元的钞票，说是用来购票。母亲误以为他是热心的地铁工作人员，毫不犹豫地将二十欧元从口袋里掏了出来。我却十分纳闷，心想：明明购票只收取五欧元、十欧元的小钞票，他怎么会一下子索要二十欧元呢？心里的疑惑还没打消，母亲手里的钱就已经递了出去。这时，只见他以十分娴熟的手法将钱插入自动售票机进钞口，然后快步一个溜身跑上地铁阶梯，向着地铁站上面的马路飞奔而去。他以插钱的假动作骗过了我和母亲，我们都以为钱已经进入了自动售票机，票应该不久就会出来了，都瞪大眼睛看着售票机等着地铁票弹出。可是票一直没有出来，于是我们意识到上当了。此时我再追出地铁站，这个吉普赛人早已不见了踪影。我回到地铁站自动售票机的旁边，沮丧着脸，心中开始对巴黎地铁站的混乱状况失望不已。此时，一开始在第三台售票机购票的一位穿着十分优雅的巴黎奶奶目睹了事情的全部经过，她毫不犹豫地在自己那台自动售票机上买了两张地铁票，走过来递给我们。她将车票递给我们的同时，还用生疏的英文对我说："我对刚才所发生的一切非常抱歉，但是这不能够代表巴黎。"我和母亲都觉得所发生的这一切都不应该由这样一位无辜的、善良的巴黎奶奶买单，执意将票退回她的手里，可是她硬是将这两张票又塞回我们手上，口中还不停地用法语说着什么。虽然我听不懂她说的是什么意思，但我可以感受到她眼神里闪烁的点点光芒。这点点光芒照亮了我如同阵雨来临前失落的黑暗心情，这点点光芒连带着她给予我们的善意让我真的相信：这些都不能够代表巴黎。将这位优雅的巴黎奶奶送出地铁站的时候，我和她的眼睛都逐渐湿润。她仍然用法语不停地念叨着，虽然听不懂，但我还是尽力地听，试图理解她想表达的意思。我直视她含泪的双眼，看到了来自巴黎这座城市温暖人心的善意。当然，那个骗人上当的吉普赛人不能代表巴黎。这个巴黎奶奶代表的才是大家心目中巴黎真正应该有的样子：包容、友好、善良。

　　第二个给我关怀的陌生人来自美国普林斯顿。我很喜欢普林斯顿这座小镇给我的感觉：宁静、低调、如沐春风。那是一个平常的下午，住在 Airbnb 房东家里的我和母亲准备步行去普林斯顿大学校园，房东爷爷热心地给我们指了路。我们沿着树木遍布的林荫道悠闲地走着，走到房东爷爷说要拐弯的地方拐了弯。走了一段距离我们打开手机导航却发现似乎离目的地越来越远了，而且这条路也鲜有人经过。就在我们准备沿着导航指引的方向改变路径的时候，一辆行驶在道路上的小轿车稳当地停在我们的面前，一位满头银丝的老奶奶探出了头，她用英文问我们要去哪儿。我回答说普林斯顿大学,她示意让我们上车。我和妈妈一开始还有一些疑虑,犹豫着是该上车还是婉约拒绝她的好意。她似乎看出了我们的心思,说她是因为这个小镇的人们给了她温暖和爱才有今天的生活,所以她也想把这份温暖和爱传递到其他需要帮助的人身上。我们听完她说的话,打消了原有的疑虑,一起坐上了这辆传递温暖和爱的小轿车。这位奶奶是一位很爱看书的人,她的后座上堆满了书籍。奶奶听到我想申请美国的研究生,鼓励我到普林斯顿大学的招生办询问招生情况,还赞扬我的英语说得好。就这样我们一路聊天,一路欢笑。不久,奶奶将车稳稳当当停在普林斯顿大学的校门口,和我们告别。此时,车外的阳光照耀在我们的身上,很暖很暖,温暖了两颗曾经无处安放的心。出发之前还因为一些事情闷闷不乐的我,在回程的路上却笑得如阳光般灿烂。

第三个给我温暖的陌生人来自美国纽约。按照行程的安排,我们需要从普林斯顿大学的 Princeton Station 坐小火车到 Princeton Junction,然后再从 Princeton Junction 坐火车到纽约赶当天从纽约到波士顿的 Megabus。因为是自助售票的机器,买票的程序比较烦琐,我就找了一个身边长得很像亚裔的女孩帮忙。女孩很热情地告诉我售票机器的使用方法,并帮我买了两张从 Princeton Station 到纽约 Penn Station 的票,还说她也要去纽约,希望与我们同行,为我们指路。随后,我们三人一起坐上了小火车,我和母亲坐在火车的中车厢,她坐在火车的尾车厢。到了 Princeton Junction,我们一起下车。女孩看我们行李非常多就主动帮我们拿行李,一路上我们聊天聊了很久,从一开始的英文到后来的中文,从一开始的生疏到后来的慢慢了解。从聊天中我得知她也是中国人,而且她老公和我是同乡,是长沙人。最神奇的是她老公是雅礼中学毕业的,而我是湖南师大附中毕业的，这让我不禁感叹这世界也太小了。到了纽约的 Penn Station，她很热心地帮我和妈妈提行李并问我们搭乘 Megabus 的地址，我告诉她在第三十四街。她看我们行李很多，又怕我们走错路，坚持要送我们到坐车的地方，于是我们聊了一路。两个同龄人的话题也是很奇妙，从纽约大都会博物馆的艺术作品聊到纽约的贫富差距。这样一个素昧平生的人的出现让我在纽约这座陌生的城市感受到了别样的温暖，我在当天的微信朋友圈中写下了这样的一句话："纽约因为有你，而洁白如雪。Thanks, pure and noble as snow."这是一个双关句，句子里有她美丽的名字。因为有她的帮助，在冬季寒风料峭的纽约，风也不再那么刺骨；因为有她的帮助，在异国他乡的街头，一场萍水相逢的邂逅变得无比美好。

谢谢每一份温暖人心的善良，哪怕在一座陌生的城市，我也能看到人性里那些熠熠生辉的光亮。这三个瞬间会永远铭记于我的脑海，这三个瞬间让我感觉到自己被这个世界温柔对待，我也希望全世界每一个善良的人都能感受到这个世界的温柔。

其实我想说，给我温暖的这三个在异国他乡偶遇的陌生人对我来说并不陌生，因为我们都有一颗无比柔软的心……

记忆空白的三十秒

本来心里是十分抗拒将这段经历付诸笔端的，因为每回忆一次，就心痛一次；每回忆一次，就对某些人人性的冷漠与险恶难以直视一次；每回忆一次，就深深地感到后怕一次。在电脑上敲下这些文字之前，我已经在脑海中挣扎了无数次，因为这是我内心深处最痛的伤疤。我一直在想，真的要写出来吗？真的要重新直视那一段让我痛到骨子里的经历吗？于是，我打了两段文字之后决然按下了删除键。自此，文字清空，记忆消除，过去的伤疤不去触及也许就不会再那么痛。

可是，在这个宁静的夜晚，那些我曾经想要遗忘的过去却又悄悄一股脑儿涌上了心头，让我如鲠在喉。

最终我还是妥协了，如果这篇文章能够被更多的人看到，能够让漠视生命的那些人感到些许惭愧，能够让挣扎在放弃生命边缘的人感到些许温暖，能够让认为生命的存在是理所应当的人感到一丝危机感，那么，这篇文章就有它的价值了。

2017年3月8日，一个我永生难忘的日子，我和母亲的生命长河在此骤然拐弯。在这个属于所有女性的节日里，一辆绿色的越野车以疯狂的速度毫无征兆地向右打方向盘撞上了我和母亲乘坐的小轿车，巨大的冲击力让我们乘坐的小轿车在马路上转了两圈。这辆绿色的越野车在发生碰撞之后径直驶向前方，扬长而去。此刻，车里的母亲受到重创，口不能言。而我因为巨大的冲力，四根肋骨骨折。在发生碰撞的那一刻，我的记忆是空白的，甚至记不起那辆车的颜色和样子。也许是因为恐惧，也许是因为受到了极大的惊吓。撞击发生后，我的神志十分清醒，我知道惊慌和哭泣都不能解决任何问题，我必须保持非同寻常的冷静，我知道此刻只有我能救驾驶室里受到重创、生命垂危的母亲。我忍着左边肋骨的剧痛，捡起已经掉落在副驾驶室上的手机，拨打了120急救电话。几分钟后，救护车将我们送到了离事发地点最近的长沙市中心医院。长沙市中心医院的CT机器临时坏了，照不了片子，我们只能立即转院到中南大学湘雅医院。在转院的救护车上，闻讯赶来的冯老师紧紧握住了母亲的手流泪，和我们一起前往中南大学湘雅医院。这注定是一个无眠的夜晚。这个夜晚如此漫长，带着万分的不确定性，带着对漠视生命者深深的蔑视，带着救护车窗外星星点点零散的灯光。这是我这一辈子度过的最漫长的一个夜晚，肋骨阵阵钻心的剧痛伴随着母亲生命危在旦夕的恐慌席卷着我的心，我暗暗在心里祈求上天：我的母亲是我生命中最重要的人，如果她有任何的闪失，我想我也会失去活着的勇气，请上天一定要保佑我们平平安安度过这个夜晚！

　　转院到中南大学湘雅医院后，已经是深夜，医生对我们进行了一系列的检查。母亲躺在担架车上不能动弹，而我只能忍着疼痛东奔西窜，挂号，找照CT的科室。肋骨的骨折让我只要稍稍一移动就感到钻心的疼痛，但那一刻我早已把这些全部抛到脑后。照CT的过程让我十分担忧，母亲痛得直呻吟，而我更是心乱如麻、不知所措。半小时后，结果出来了，母亲五根肋骨骨折，锁骨骨折，还有肝脏和肺的挫伤和因为挫伤积液引起的发炎，而我则是四根肋骨骨折。那天晚上中南大学湘雅医院所有的床位都满了，这意味着我们必须马上转院。那时已经是深夜一点整，母亲仍然十分危险，必须立刻转院。就这样，我们从中南大学湘雅医院辗转到航天医院，母亲终于得到了治疗。那是一个无眠的夜晚，我守着母亲整整一夜。肋骨的阵痛也深深困扰着我，想要闭上眼睛，脑海中却一直浮现撞车时天旋地转的画面；想要深呼吸，却发现每呼吸一口空气，肋骨就像要散架一样，钻心地疼痛。就这样，在阵阵消毒水气味的陪伴下，我坐到了天亮。我永远也不会忘记那一阵一阵的疼痛，每一寸钻到骨子里的痛感都在提醒着我：既然活着，就不能白活。第二天一早，航天医院的医生就找我谈了话，母亲的情况依然非常危险，在一系列医学专业术语的轰炸后，我焦急万分，实在不知道该如何是好。这天，父亲赶来医院了，看到我们的样子心疼不已。其实这时候的我不知道父亲已经偷偷抹过了好几次眼泪，这是后来来看我的一个叔叔告诉我的。母亲的神志十分清醒，只是肋骨断裂的剧痛让她痛苦不堪，鉴于航天医院在治疗积液以及骨头的损伤方面并不是最顶尖的，我们一致决定再转院。就这样，我们转到了中南大学湘雅三医院。在这里的第一天，母亲被转移到重症监护室里，任何人都不能进去。母亲在重症监护室的这段日子里，我的心空荡荡的，我真的觉得生命太脆弱了，脆弱得让我特别害怕下一秒钟就会失去她。这种恐惧伴随着骨折的疼痛组成了我人生中最不想回首的一段经历。幸运的是，几天后母亲终于从重症监护室转入了普通病房，这也让我松了一口气，这时的我才有时间和心思理清头绪，来想事故的后续处理问题。

此时，种种愤怒接踵而至，是时候揪出那可恶的肇事者了！香樟路一整条路监控遍布，手上沾满别人鲜血的肇事者你跑得掉吗？

对于我来说，出事的那个夜晚就像过了整整一个世纪，医院里阵阵消毒水的气味伴随着空气中的丝丝冰凉，让我感到阵阵寒意，肋骨的阵痛伴随着这种寒意冷到了心底。人，一半是天使，一半是魔鬼。而我们，在一个冰冷的夜晚，见到了某些人最魔鬼的一面。我常在想，是要有怎样的冷漠，才可以置生死未卜的两条生命于不顾；是要有怎样的邪恶，才可以开着横冲直撞的车辆毫不犹豫地逃离现场；是要有怎样的漠然，才可以免于遭受良知上的罪恶感和谴责。寒冬并不让我感到冰冷，真正让我觉得凉到心底的是那个夜晚肇事者的那颗冷漠和罪恶的心。我在任何时刻回想起来都会觉得不寒而栗，这是和蓄意谋杀一样的狠毒和邪恶啊！

后来，在中南大学湘雅三医院我见到了这个人。我所有的愤怒和不满终于在这一刻释放，尽管每大声说一句话我的肋骨就会震颤般剧痛一次，尽管每大声说一句话我的心就会受到伤害一次，但我还是在他面前歇斯底里地表达了我极度的愤怒。而他，依旧是一副无所谓的样子，口里嚼着槟榔，满口都是谎言，好像整个世界的死活都与他无关。我想，也许任何的言语对这种人来说都是没有用的，因为他是没有心的。我质问他为什么要漠视生命，他沉默不语；我责怪他为什么要仓皇逃离，他选择说谎；我问他如果出事的是他的家人，他是不是也会如此冷漠，他默不作声。从什么时候开始，这些没有心的家伙也能这般冠冕堂皇地活着？我困惑了。难道这就是所谓的"地狱空荡荡，恶魔在人间"？这一刻，我直视了人性最邪恶冷漠的那一面。站在我面前的，不像是个人，更像是一个冷血的魔鬼。因为只有魔鬼才能置别人的生命于不顾，因为只有魔鬼才会怕承担责任，因为只有魔鬼才没有良知。我的心已经碎了，我只能安慰自己，站在我面前的不是人，这样心里才会好过一些。后来我才知道，这个人的无耻还不仅限于此。他不仅那天晚上驾车逃离现场，在交警查到他的车牌和电话号码之后给他打电话要他即刻归案的时候，他居然撒谎说自己已经到了交警大队，待交警赶回交警大队的时候才发现上当受骗。在交警说出事态的严重性后，他仍然不愿意归案，一直等到案发二十四小时之后才归案。说他是魔鬼还太高估他了，他还是嘴里充斥着谎言的魔鬼。在他逃离的二十四小时发生了什么以及他为什么要逃离现场我们不得而知，我们唯一能够得知的是这是一个冷漠到骨子里的魔鬼般的人。

有一天，我到了城郊的交通事故停车场找到了我们的小白车。看到小白车的那一刻更是触目惊心，肇事车撞到了我们的左前轮，离驾驶室只差十厘米的距离，而第二次撞击则是后左大灯，这两次巨大的撞击让我们的车在马路上转了两个圈。小白车的模样已经完全扭曲，我摸了摸它，重一吨多的它，是它结实的钢材救了我们的命。也是老天的庇佑让我们经历这样的重创后仍然幸运地活着。在那一刻，生与死之间的距离只有十厘米。而幸运的降临就在于那差了的十厘米，如果没有差那十厘米，我和母亲的生命将不复存在。

我是幸运的，母亲也是幸运的。正因为这差了十厘米的幸运，我们经过治疗恢复了健康。我想，生命是顽强的，我经历的这些，在医院里面也有很多受苦的人们经历过。在我们住院期间，我看到了这样一群人：他们有的因为被酒驾的司机开车撞伤而住院；有的因为在工厂干活时受了工伤，永远告别了自己肢体的某一部分；有的在工地施工时因为没有保护措施而从二楼坠落，忍受着身心的痛苦。让我感动的是这些平凡的人们，他们选择顽强地忍受着生活给予他们的剧痛，忍受着心灵直视人性之后遭受的打击，忍受着生命无常、命运惨痛的安排。这才是生命得以生生不息的原因，不是吗？不是那些冷漠，那些邪恶，那些狂风暴雨；而是受难时刻的彼此相拥，不离不弃的生死相依，暴雨过后绽放的彩虹！这才是生命蓬勃的力量，在经历这人世极致的痛苦之后，仍然能够重新绽放；这才是生命该有的精彩，漂泊在这无边的苦海之时，仍然能够存留对未来的热切希望和为别人着想的点点善良；这才是生命该有的样子，从来没有对不公命运的抱怨，从来没有破罐子破摔的消极，从来没有失去毅然前行的勇气与热望。

如果没有这场突然闯入生活的意外，我也许不会对生命的存在有着如此深刻的认识。历经劫难后的生命，就像浴火重生，依然生生不息、奋勇向前。生命是什么呢？生命是慈悲、善良、美好、温暖；同时，生命也是贫瘠、邪恶、逃避、荒凉。人生如同一趟漫长的旅程，在这趟旅程中我们会遇到形形色色、各式各样的人，会感受温暖、快乐、美好、幸福，也会感受悲伤、痛苦、背叛、煎熬。也许会有伤痛，也许会觉得灰暗，可是不要忘记，此刻能够健康地活着已经是如此难得，还有什么比生命本身更重要更值得为之骄傲的呢？

另外，我想告诉那些漠视生命的人：漠视生命的你们啊！千万别因为逃脱了自己应该承担的责任而扬扬自得，如果你们漠视生命，生命也终将有一天会漠视你们！

天堂的样子

那是一条看上去似乎无边无际的河流，浩浩荡荡向东流去。

一群孩子来到了河畔，其中一个小孩提议伙伴们一起游过这条河流，去对岸看一看他们从未看过的新世界，找一找彼岸的幸福。对于他的这一提议，小伙伴们统统退缩了，他们觉得水流太湍急，一旦涉水会非常危险。而这个孩子却毫无顾忌地纵身跳了下去，他拼命地游啊，游啊，可无论怎样努力都游不到对岸。这时候，他听到了岸上其他孩子嬉笑的声音，他们说：你看看他，多傻啊！好好的非要挣扎着游向远方，明明在岸上已是万分的幸福……

小伙伴们嬉笑的声音对于这个奋力与水搏击的孩子来讲显得格外刺耳，因为他选择了一条注定不是坦途的路，这条路上充满了未知，前程未卜。

突然，大风骤起，天下起了暴雨。风呼啸着，嘶吼着，雨点也大颗大颗地砸在了他的脸上、头发上、手上。这时的他狼狈极了，还没有游到对岸，就已经快要精疲力竭了。

岸边的嘲笑声仍然不绝于耳，那些小伙伴有的歇斯底里地大喊大叫：哎呀！不好啦！你们谁下去救救他吧，他快要淹死了……有的嘴角浮起一丝冷笑：这是他自己选择的路，他当然应该为自己的选择负责！当然，也有的背过身子，只留下缓缓一声叹息。

所有的孩子都明白，在他们出发的时候，他们的命运就已经被注定。没有人愿意冒着丧命的风险奋不顾身跳下河去救这个可怜的小孩。气温骤凉，凉得只剩下岸上的嘲讽、掷地的雨点和呼啸的大风，凉到空气里，凉到水里，也凉到了人的心里。

风越刮越劲，雨越下越急，可怜的小孩就快要撑不住了，冰冷的河水让他瑟瑟发抖，风凉的话语让他无所适从。忽然，他的内心回响着无数个声音……慢慢地，他不再挣扎，任由着脑袋沉入水中，因为有一个声音告诉他：放弃吧！放弃就能得到内心的平静。放弃吧！放弃就不用这么辛苦地和波浪搏击。放弃吧！放弃这趟充满了未知的艰难旅程！

冰冷的河水一下子灌进了他的耳朵。这时，他清醒了，他是多么想去看一看对岸那个未知的世界啊，哪怕是瞄上一眼也好。这的确是他出发的原因，不是吗？他不想背弃自己的梦想，他潜意识的每一分每一秒都知道自己想要去哪里。而此时此刻的放弃，也许就意味着万劫不复。

仍然没有孩子要跳进河里去救他，河水在暴雨的汇聚下变得更加湍急，任何一个孩子如果下水都会置身于生命的危险之中，冰凉的河水里只留下这个倔强的小孩一个人。但有一个声音在他的脑海里回响起来：哪怕死，也要看一眼对岸世界的样子。他觉得自己仿佛听到了上帝的声音，仿佛看到了天堂的样子，上帝告诉他：也许再坚持一会儿就能看到灿烂的阳光了。

河对岸的世界是什么样的呢？在这个封闭的村庄里，没有孩子知道，也没有大人知道。从来没有一个有勇气的大人愿意离开现有的舒适区，只为寻找这世间的另一块净土。倒是有很多孩子淹死在河里，只为"看一眼对岸的样子"这一个简单的梦想。

事实上，更多的孩子选择了放弃。他们不是没有好奇心，只是觉得竭尽所有的努力，冒着生命的危险去开拓一块新的未知之地也许并不值得。

　　谁料，这个倔强的小孩是和其他孩子不一样的。终于，在快要放弃的前一秒，他重新抬高了臂膀，哪怕忍受着彻骨的寒冷，哪怕遭遇着心灵的失落。他在心里计算着：一、二，一、二……再数十次就能到达彼岸了。渐渐地，身体已经好像不是自己的了，他游不动了。可是离彼岸已经很近，他实在是不甘心放弃，这时回头已经看不到跟他一起到河边的那些孩子了，他们说话的声音也听不到了。他再一次一个人停在了离彼岸很近的地方。这一次，没有了别人，很宁静，只剩下他自己。如果放弃的话，凭他的体力是游不回对岸了，只有奋力一搏。他不想背弃自己的梦想，哪怕累死，也要死在奋斗的路途上。他不顾自己身体的酸痛无力，用信念奋力朝着对岸游去。

　　终于，他的手触碰到了鲜活的芦苇，他到达了彼岸。

　　这是集结多少美的存在啊！鲜花遍野，鸟语花香，远比他能够想象到的世界还要美上几百倍。这是他从未见过的风景啊！很像天堂的样子，不，这就是天堂的样子。他累得趴在了地上，终于还是到了，小孩的眼泪像断了线的珠子，一颗接着一颗滴在了花上、草上，这些花草也变得更明艳了。

　　难能可贵的是，小孩没有背弃最初的梦想，即便那么难、那么苦，可终究还是到达了梦想的彼岸。而对岸的孩子永远都不会知道这个小孩究竟经历了什么，看到了什么，感悟到了什么。对岸的孩子仍然在嬉笑打闹着，将这个倔强小孩的"愚蠢"作为他们爆笑的谈资。当然，他们永远不会知道天堂的样子，因为天堂的样子，只有永不放弃的孩子才能看到。

哈佛校园渺小的我

那天，我早早就出了门，因为想要去哈佛大学招生办询问哈佛大学东亚系研究生申请的相关信息。

阳光正好，哈佛校园里人来人往，步履匆匆。哈佛的校园就像是迷宫，大得出奇。所以第一次来到这里的我，自然很容易就找不着北了。我在红墙里边兜兜转转了好几圈，几乎找了一个上午，还是没有找到东亚系招生办公室的位置。看表已经到了午餐时间，我索性停下脚步，在哈佛校园的餐车上买了一个三明治，坐在哈佛校园林荫树下的休息区域吃起了午餐。那天天气十分晴朗，奔波了大半天的我，看着身旁来来往往的人群，心情异常失落。

哈佛校园里边的学生们，一个个气宇轩昂、自信非凡。他们有的和朋友交流着，同时流畅地切换着好几种语言；有的在草地上拿着一台笔记本端坐，做着可能是教授布置的作业；有的像我一样，拿着三明治或者汉堡包当作午餐。他们是那么的步履匆忙，那么的灵活自如，那么的荣耀自信。哈佛校园里面的教授们，一个个西装革履、行色匆匆。而我，这么渺小的一个我，因为一个看起来遥不可及的梦想，来到了这里。在这里，这些能够撬动地球的精英们的一举手一投足都能让我感觉到深深的不安。这座红墙里面的人们被多少人羡慕着呢？多少人有着来这里求知的梦想？这里的人拥有怎样改变世界的神奇力量？我一个人呆呆地坐着，一边啃着三明治一边想。吃完三明治，我走到了哈佛铜像面对的广场，调皮的小松鼠跑到我的身边，似乎在搜寻着属于它们的午餐，而我也找到阳光下的凳子坐下。小松鼠似乎比我更像这里的主人，它们在这片偌大的草坪里面自由雀跃、四处奔走。而我，耷拉着头，一脸的不高兴，反而更像是哈佛校园里的一个匆匆过客。此刻，在这里阳光的照射下，我的心像是缺失了什么，百感交集。那一个午后的我是如此渺小，渺小得就像宇宙里的一粒尘埃。时隔很久，我仍然清晰地记得坐在哈佛草坪里那个怯弱卑微的我的样子。那一刻，我的内心异常敏感脆弱，任何一点变化都能在我的心里掀起阵阵波澜；那一刻，在和自己独处的午后，往事全部涌上心头。加上又没有找到本来计划要去的地方，内心更是对自己充满了失望和怀疑。就这样在失落中度过了两个小时的午休时间，下午我终于还是挣扎着决定鼓起勇气继续去找东亚系招生办公室。

　　在 Dining Hall，我问了一位哈佛的中国学长，他告诉我东亚系是在出校门的一个比较幽静的地方。我循着他给我指的路走了过去，穿过马路，走过小径，再横过一座教学楼，终于看到了门前匍匐着两只大石狮的燕京学社哈佛东亚研究中心。推开研究中心的大门，首先看到了一块为纪念世界地质勘测做出杰出贡献的 Alexander Hamilton Rice 的铭牌，铭牌上写着"In honor of Alexander Hamilton Rice whose generosity created and sustained the Institute of Geographical Exploration, 1930 – 1951. Within these walls, he and his colleagues laid the foundation for the mapping of the world from the air"［纪念 Alexander Hamilton Rice，他的慷慨创造和支撑了地理探索机构（1930—1951）。在这些墙内，他和他的同事从空中为世界的绘制奠定了根基］，铭牌上方写着"PURPOSE PATIENCE PERSEVERANCE ARE FACTORS OF SUCCESSFUL GEOGRAPHICAL EXPLORATION AND EXPLANATION"（目标、耐心、坚持是成功的地理探索和阐述的因素）。铭牌的对面是东亚研究中心讲座以及活动告示张贴的区域。在这里，我偶遇了一个正在东亚系做交换生的浙江大学学长。我们交流了一会儿，他告诉我下午五点东亚系的招待会在二楼举行，还问我要不要参加。我愉快地答应了。

此时我似乎感觉到了"柳暗花明又一村"的明朗，在这一天，我的心情经历了三百六十度的大变换，这个下午的招待会给了我一个大大的惊喜。在这里，我认识了哈佛大学东亚系优秀的学长学姐们，见到了宇文所安和 Bob，还和来到东亚系交流的访问学者们一起聊天。招待会成为我和学长学姐们交流的平台，在聊天交流中我很快忘记了上午的失落感。Bob 很亲切地和我握手，还问了我的名字。在这里，大家摒弃了职务以及身份的不同，有的只是作为渴求知识与智慧的探索者相互的照顾和关怀。

我想，如果那天我因为上午消极情绪的影响而放弃寻找的话，就体会不到下午那一场招待会的精彩；如果那天我因为对自己深深的怀疑和自卑而在招待会上封闭自己、一言不发的话，就不会认识那么多热情的学长学姐。就像阿甘说的：人生就像是一盒巧克力，你永远不知道下一颗吃到的会是什么样的味道。既然我们永远不知道下一刻会有怎样的安排等待着我们，倒不如把心打开，让阳光照耀进来。哈佛校园里那个渺小的我，经过一番挣扎之后，终于收获到了几个月以来最让我开心的惊喜。

我会永远记得这天在哈佛校园里失落过后收获的惊喜，每当我想要放弃，想要怀疑自己的时候，就会提醒自己不要忘记在哈佛的这个下午：再坚持一会儿！

胡 杨

千年的风霜吹走了前世的辉煌，金色的阳光给大地披上了一层荒凉的薄纱，古老的城墙已然风化，只有残垣断壁还镶嵌着点点滴滴曾经的繁华。时过境迁，曾经的浅吟低唱，曾经的几盏薄酒，曾经的羽扇纶巾，曾经的英雄逐鹿……万般光景已然散尽，泱泱大漠中，唯独千年的胡杨依旧在风霜中彰显着顽强与茁壮。

胡杨，虬枝峥嵘的胡杨！有着千年不死的刚毅，有着死后不倒的坚韧，有着倒后不朽的倔强。它视大漠风霜为自己成长的最好给养，它将自己的根长长地扎在地下以护卫心脏。它静静地屹立，不求浮名，不求荣耀，不求华光，着实有着"忍把浮名，换了浅斟低唱"的洒脱，有着"不以物喜，不以己悲"的从容，有着"千磨万击还坚劲，任尔东西南北风"的悲壮，一如既往地造就着繁华都市的一道道屏障。

胡杨，根深蒂固的胡杨！没有特殊，没有强势，没有孤独，却有着大海般宽阔的胸膛。它心平气和地与梭梭草、甘草、骆驼草一起生活，共同成就着金色大地上动人的一道风景。古人云"厚德载物"，正是因为胡杨那种穿越时间、空间、物质、金钱的厚德成就了它的那种大气、包容，才不畏人言，不惧权势，不同于世俗。设想，在喧哗的闹市里，如果人们具有了胡杨的这种包容，自然就会少了些浮躁的喧嚣和灯红酒绿的困扰。要知道，一切卓然者从来不用任何形式炫耀他的成功，一切不凡者从来不用庸俗、尘世的方式证明自己的卓越，只于一举手一投足间，那种独然于世的气质便溢于言表。

大自然有一个真理：不为人知的伟大才是真正的伟大，自然之内的平凡才是真正的不凡。不张扬、不浮夸、不急躁、不骄傲才是人类社会真正需要的气质。

　　胡杨，悲怆坚强的胡杨！有谁经受过荒漠穿越时空的风霜，有谁领略过零上几十度的热浪，有谁能不倒不死，悲怆而坚强？只有胡杨，只有胡杨！在恶劣的环境里自由地生长，在自然的给予里享受痛苦的茁壮，在无名的尘世中承受屹立的悲怆。胡杨既没有莲"出淤泥而不染，濯清涟而不妖"的圣洁，也没有菊"飒飒西风满院栽，蕊寒香冷蝶难来"的孤傲，更没有牡丹"唯有牡丹真国色，花开时节动京城"的雍容，它有的只是独属于自己的悲怆与坚强。也难怪林则徐以"树窝随处产胡桐，天与严寒作火烘。务恰克中烧不尽，燎原野火入霄红"的诗句来赞美这种卓然于世的植物。

　　胡杨，精神不死的胡杨！我在想，胡杨传递千年的实质应当是一种精神抑或是一种贯穿整个世界的哲理：处下、不争、低调、务实、勤干。我又想，胡杨的精神恰恰理应是我们现当代所需要的精神。不是吗？精神的空虚才会有心灵的浮躁，才会有整个社会的浮夸，才会有各种各样的炒作，才会有无端产业的繁华，才会有小悦悦事件过后芸芸众生的不同姿态、种种猜忌，才会有某种意义上人性的变化。我们的社会太需要胡杨的这种精神，有些人的精神过于空虚，所以才出现急功近利的浮躁，所以才出现漠视生命的现象。上苍会看到，那样坚毅过后的遍体鳞伤；上苍会看到，那样悲怆过后的心痛坚强；上苍会看到，有那样一种生长在西域沙漠中屹立不倒的植物，它的名字就叫做胡杨。

南京——充满忧伤的一座城

最初对于南京这一座城市的记忆源自历史课本里那一场惨绝人寰的大屠杀，那一张张还原史实的照片更让我心头增添了几许对南京这座城市别样的情感。每每想起抑或是讲起南京这座历经沧桑的古城，我的心便自然而然地将它与那个所有中国人胸口的伤疤联系在了一起。

一位外国学者曾经说过："忘记历史就意味着背叛。"而对于十三亿中华儿女来说，这段历史犹如一道永恒的伤疤，深深烙在了每一个人的胸口。

在还没有去南京之前，我曾经写过一首关于南京大屠杀的诗，题目叫"奠"，我想用自己能够企及的一点微薄的力量为三十多万无辜的亡灵祭奠。一年后的一天，我终于有了这个亲临金陵古城的机会，踏上了由寸寸白骨累积而成的忧伤之城。

南京大屠杀纪念馆的外面是一些塑像，每一座塑像上都印刻着或是母亲或是孩子或是青年或是长者的呻吟与控诉，充满凝重气氛的笔调以及散发哀伤情感的塑像一次又一次地将我的心情引入了谷底。在来之前，我以为自己已经做好了足够的心理准备，但事实证明：当你真正步入纪念馆的大门后，一切的准备都是白费。因为没有其他任何一个地方能够带给你那样的心灵与视觉的冲击，没有其他任何一个地方能够像南京大屠杀纪念馆这样让你切身体会到生命在战争面前的脆弱。

踏进纪念馆大门，首先映入眼帘的是由十种不同国家语言写成的"遇难者300 000"的警示牌，接着是由白色鹅卵石铺成的地面，象征着白骨遍地、寸草不生。可以想象，曾经的十二月十三日后的这片土地是何等的血腥，我三十多万同胞的生命和亡灵是何等的无辜和冤屈！

参观纪念馆的这天，南京城头阳光灿烂，但当我跨入万人坑展厅阶梯的时候，一阵凉风扑面而来，低沉的色调与那一具具残缺的遗骸无一不让人感到内心压抑。白骨——堆积如山的白骨！悲夫哉！如何祭奠你们——我三十多万屈死的同胞！我双手合十，朝着遇难者的遗骸鞠了一躬，我想这是我到了这里所应该做的……

走在悬空架起的过道上，我的心里空荡荡、失落落的，仿佛已没有什么能将悲怆的画面从我的视野移开。我看到了十二月残阳似血的南京，听到了三十多万人凄凉的呻吟。如何祭奠你——我饱受摧残的南京？悬空过道下的每一根白骨都在控诉日本侵略者惨绝人寰的暴行，都发出悲哀的呐喊。

投影视频上的解析让我泪湿衣襟，专家陈述着每一个受害者生前所受的苦难。我握紧拳头，审视日本侵略者犯下的滔天罪行……

我一路参观一路思考：我们当今的几代人都该反思应当做一个怎样的中国人。不要再让浮躁充斥着人们的内心，不要再对未来充满迷茫，不要再以对钱权的信仰去取代人性本质中最为珍贵的东西。我们该传承先知们改变中国的梦想，我们有梁启超掷地有声的呐喊："少年智则国智，少年富则国富，少年强则国强，少年独立则国独立，少年自由则国自由，少年进步则国进步……"我们有胡适之"宁鸣而死，不默而生"的慷慨大义；我们有梁漱溟"愿终身为华夏民族社会尽力，并愿使自己成为社会所永久信赖的一个人"的昂扬正气；我们有毛泽东"为有牺牲多壮志，敢教日月换新天"的壮志豪情……

南京是一座充满忧伤的古城，我们审视历史，我们展望未来，我们愤然前行，这才是对三十多万死亡同胞最好的慰藉。从今往后，我会告诫自己："你所站立的地方，正是你的中国；你怎么样，中国便怎么样；你是什么，中国便是什么；你有光明，中国便不黑暗。"

敦煌——穿越千年的信仰

　　心里有种莫名的感觉，总想提笔写写敦煌——那块土地和那里曾经发生的故事。

　　每一个震撼世人的奇迹的诞生似乎都源自机缘巧合，敦煌石窟也不例外。

　　某一个清晨，在广袤无垠的沙漠中穿行的乐尊和尚惊讶地发现，当一轮红日从地平线缓缓升起的时候，敦煌的背后闪烁着万丈璀璨的佛光。于是，乐尊和尚这个佛教的笃信者就与这块土地结下了不解之缘，他坚信这一切是佛祖的本意，是上天的安排。很快，一个浩荡的工程在此揭开了序幕。

　　有道是时光赋予历史太多的机缘巧合，敦煌石窟着实让人分不清是上天的恩赐还是因缘的既定，仿佛有着"一花一世界，一叶一如来"的意境。大概每一次工匠与沙砾岩灵魂的碰撞都是这个世界奇迹的灵感来源吧。从首个开凿的洞窟到洞窟中的佛祖涅槃像，每一处无不展现着一种宗教文化与艺术语言相结合的美。然而，自乐尊和尚首启的序幕开始，这里经历了上千年的文化积淀，却也饱受着战火与人事的摧残。战火的洗礼并没有损及藏经洞中的卷卷经书与锦箔，真正步步蚕食着这些宝藏的是那个时代统治者文化意识的淡薄以及一位道士作为敦煌看守者被西方人哄骗的无知。历史记住了一个名字——王圆箓。在哄骗下，他向西方所谓的"探险家"掠夺者斯坦因敞开了一座本应属于中华文明的宝藏。王道士作为一个敦煌的看守者原本是幸运的，他有幸亲历一座震惊世界的洞窟藏经阁尘封百年后的开启，他的一举手一投足都决定着几百年后敦煌学的命运。然而作为一个拥有独立人格的中国人,他是不幸的,因为种种原因,他的一举手一投足导致了一个再也无法弥补的错误。在斯坦因的哄骗下,王道士打开了这座知识宝库的大门,任由那些经书锦箱被运上去国怀乡的马车,留下了一个古往今来都无法弥补的遗憾。自此之后,伯希和、华尔纳等人先后开始了对敦煌藏经洞以及敦煌壁画的洗劫。历史记载,当华尔纳载着满满的几箱宝藏离开敦煌的时候,敦煌扬起了那一年的第一次风沙,风沙迷了人的眼睛……

这是敦煌古籍、国之瑰宝离开中国故土最远的一次旅行,从此便再也未曾回归。今天的我们只能从各个国家的博物馆及图书馆馆藏和微缩胶卷中找寻它们穿越千年的孤独,看到它们斑驳的纸张间隐约啜泣的泪痕。正如陈寅恪先生曾感慨之言:"敦煌者,吾国学术之伤心史也。"

我们无时无刻不在翘首期盼着它们的回归。然而也许美好事物的命运总是颠沛流离,就像那辗转流离于世界各个角落的圆明园文物,抑或是无奈被运往台北的"故宫"文物,从被锻造的那一刻起就被打上了一生无常的烙印;又或是那美到极致的《富春山居图》注定只是一纸残章;还像那无与伦比的万园之园——圆明园,留给世人的注定只有大火过后的残垣。似乎美好注定与永恒无缘,便也想起那英雄气短、红颜薄命的悲歌……

时至今日,这种美的找寻依旧延续着,然而研究敦煌的学者们却只能从世界各地博物馆高价买下的微缩胶卷中找寻那些敦煌文化的遗迹。战火、无知、忽视,脆弱的文化宝藏怎能经受住这样的风霜?当权者文化意识的淡薄、一个时代的混乱、一位道士的无可奈何,此间种种机缘巧合竟给敦煌留下了一个无法弥补的大错,让敦煌学经历了一次严重的洗劫。

没有人能想象我们的古人运用了怎样的智慧开凿这样一个

震惊世界的洞窟，但我们却能从那些贯穿洞窟的甬道中知道支撑他们坚持千年的力量是信仰和对佛教的忠贞。

今天的我们来到敦煌，也许耳边还会回响起开凿洞窟的叮当声、硝烟战火的嘶鸣声、斯坦因队伍的驼铃声，那段历史仿佛——出现在眼前，伴随着的，还有嘴唇愤怒的抽搐和眼角流下的泪水……

屹立的雕塑一尊尊，洞里的菩萨一座座，来去的游人一群群，一切的一切都在向我们展示着信仰的无穷力量以及一座千年古城所经历的荣辱兴衰。

敦煌不是一个人的敦煌，是我们全民族的敦煌，是世界文明史上的辉煌，是代表国家兴衰存亡、文化信仰的敦煌。铭记敦煌那段刻骨铭心、永不能忘的历史，正视敦煌那些遗落世界的文化宝藏，反思敦煌在千年错误的叠加中，我们的民族、我们的人民该如何真真正正地走向自强……

她

　　我是在三年前遇见她的，确切地说并不是偶遇，而是冥冥中上天刻意的安排。

　　时间追溯到三年前的那个夏天，那是我永生难忘的一个漫长的假期。中考的失利让我无法摆脱一种令人绝望的哀伤，我整日精神不振，把自己锁在房间里默默地流泪。

　　从小学到初中，一直靠依恋家人而一帆风顺的我第一次尝到了失败的味道。初中的我特立独行，在自己所爱的世界里自由自在地生活。我由于偏爱文学和摄影，便一天天地沉醉于文字与光学的游戏上。我讨厌数学，便将学数学的时间花在了看闲书和玩上；我随性，喜欢随自己的所爱生活。于是，那次失败给我的美好生活刻上了一个深深的烙印。因为失败，原本从小学到初中都十分自信的我失去了年少的张扬；因为失败，不得已和从小玩到大的朋友分开；因为失败，一向不懂得失败的我知道了什么叫耻辱。然而我还不知道，这只是一个开始。

　　妈妈似乎从我的举动中嗅到了点什么，有一天突然决定让我改变生活环境，我同意了。在那个时候，只要不见到所有认识我的人、不被人问起我，我就会觉得是一种幸福。于是，我来到了那个地方。

　　初见，普通的餐厅，以往只是我用于消遣的场所，对它我并没有太多的思考，往往只是瞥上一眼而已，因为那时在我的眼里，它只是单纯意义上的一个场所，仅此而已。然而，这次，我是来打工的。

　　妈妈把我丢在餐厅后陪老板吃了一顿饭，接着就急匆匆地离开了。她临行时甩给我一句话："你要和员工们同吃同住同劳动，体验生活。"想着只要不让认识的人找到我就行，我还是爽快地答应了，却不知道这次经历会带给我怎样的人生感触。

为了避开餐厅里来来往往的人群，我本能地拒绝了老板让我干服务员的要求，义无反顾地选择了做洗碗工。在餐厅厨房后边一个一二十平方米的地方，我遇见了她——一名普通得不能再普通的洗碗工。

流逝的岁月在她的脸上刻出了一道道印记，因此她也显出了一种与这整座城市格格不入的沧桑感。初见我时，她显然十分惊讶，连连问这问那。问我干什么来啦？今年多大年纪？还在读书吗？我草草地作了回答。

上班的第一天，我兴奋地来到了这家餐厅，一眼就见着了正在埋头洗碗的她。她见我来了并未多言，只是打了一下招呼，便又继续干活。城市活动之中所独有的客套与世故在这儿显得如此不屑一顾。

放下挎包，我开始工作。一开始还觉得很新鲜的我在不断送过来的堆积如山的碗碟里找到了生活的味道。这就是一种生活，你不能说它是如何如何美好，甚至会觉得它粗鄙、枯燥得如同一片沙漠，颓圮而乏味。这种生活也许是我们一辈子不刻意追求便永远无法体会到的，但在她的生活里却习以为常……不难想象每天堆积如山的碗碟和其他餐具，这在我们手里只是一种工具，但在她的生活中却成为让她日渐衰老的"杀手"。然而她始终没有放弃对美好生活的向往与追求，这是我也许一辈子也做不到的。她可以骄傲地说着自己的儿子，那个在她眼中全世界最优秀的人；她可以肆无忌惮地对我说着自己似乎无比幸福的生活；她可以在一天的劳作后为自己所收获的一切而欣喜……

　　她的语言那样自然，那样纯真，她的勾勒令我不禁浮想联翩：这是生活吗？这是她的生活吗？幸福而又美好？所有的不幸、所有的痛苦、所有时光流逝后的伤痕在她的眼里为什么如此不值一提？我困惑了。

　　直到有一天，她终于和我聊到了一些我并不知道的书卷之外的东西。自从那一次的对话过后，我对待生活的态度发生了彻头彻尾的改变。

　　我想，一个人只有真正地身临其境才能体会到那种对生活的热切追求。不管生活是如何对待自己，不管别人是如何看待自己的存在，或不屑，或轻蔑，但从不会丢失对美好的憧憬与向往。

　　我无法想象她的勇气，至少我无法容忍这样的生活。我甚至佩服她能在这样的环境中活下来，步履蹒跚地一步一步像蜗牛一样爬向属于自己心灵的卑微得可怜的幸福。

　　记得她说要我好好读书，并将自己的人生经历一点一滴地讲给我听，而在一大堆好像记流水账似的语言之后只单纯为了突出这样一个重点：她是从农村来的，贫穷的家境让她不得不早早地放弃学业、进城打工，而这份工一打就是数十年。是啊，这其中的心酸与苦涩恐怕也只有她自己知道，这是我们无法想象的，但隐约能够从她那银白的头发和长满老茧的双手中略知一二。

　　我从对话中得知她的年龄：四十多岁。四十多岁，我从来没有见过这样的四十多岁，满头的银丝；我从来没有见过这样的四十多岁，粗糙得不能再粗糙的双手；我从来没有见过这样的四十多岁，那像雕塑刻出来的满是皱纹的脸庞。就是这样的四十多岁，不知愁遍了生活的多少事，为了全家的生计四处奔波，为了儿子的学业劳神费力；就是这样的四十多岁，一次次在时光的流逝里享受着那些独属于自己生活的"富足"；就是这样的四十多岁，没有任何的装饰，有的只是那些生活所赐予的所谓"美好的沧桑"。

不屑、蔑视，城市的人们从未为这些底层的人们施舍过什么，哪怕是一个怜悯的眼神……有的只是那种似乎出于骨子里的傲慢与偏见。

然而令我永远感到温暖的是她、她们，一直那样在所谓美好的生活中追逐着，即使是只能得到飞蛾扑火般少得可怜的温馨。

我脑海中对幸福的定义瞬间改变，一刹那，恍如隔世。

她会无比照顾我，抢着把最伤手的活留给自己，抑或是隔三岔五让我提前下班读读我喜欢的英文小说，将重活毫无疑问地留给自己，抑或是怕我进餐时间抢不到饭而给我额外的照顾。妈妈在我打工的一个星期里始终没有来看我，抑或是来了躲在某个角落故意不让我知道。我想妈妈是怕我嚷嚷着要回家，这一次我却没有。

她是善良淳朴的，有着那种乡下人所独有的天真。命运却没有给她什么样的眷顾，哪怕那么一丁点儿。谁会推掉自己一天的学习工作来倾听这么一个来自社会最底层的打工者的心声？在这样一个如此现实的社会里大体是不会的。她不像祥林嫂，不像孔乙己，她就是她，她不会在意内心的话语到底要倾诉多少，她不会想象生活的美好到底是什么模样，她不会习惯城市的世故与圆滑。她就是她，那样一个能用橡皮擦擦去所有别人的蔑视与不屑目光的人，那样一个能丝毫不掩饰自己对未来生活追求的人，那样一个至情至性到可以无视那些所谓的现代社会生活法则的人。

是的，她无须过多的语言，无须过多的表情，无须过多的重视与关心。她觉得自己的生活很幸福，哪怕和其他人一起抢着那些残羹冷炙，哪怕生活的重担让她无处可逃，哪怕年复一年都重复着那样单调、乏味、肮脏的活儿，哪怕……

　　她是幸福的，她真的是幸福的，只要她自己觉得幸福。这就是我从她身上所学到的：无论生活如何困顿、如何潦倒，无论受到多大的打击，都永远不要失去一颗热爱生活且有着美好向往的心。

被遗忘的快乐

　　似乎越长大，我们就越难快乐。小时候的快乐很简单，可能是一瓶汽水、一次捣蛋、一场电影或者同桌的一个笑脸。而现在的我们，有手机可以买到任何想吃的东西，订到任何一个场次的电影，抑或是连自己的心情都可以装在手机软件里和整个世界分享。可是物质条件越丰厚，科技越发达，快乐似乎离我们越远。

　　童年时我们的喜怒哀乐从来都真实地写在脸上，想哭就哭，想笑就笑；长大后我们难堪的时候却总要强忍着眼角的泪水装作自己很坚强。一切的变化只是因为我们长大了，不再是孩子了。可是我们真的长大了吗？为什么越长大越觉得孤独，越长大越感觉到被束缚，越长大越感觉距离梦想越远，越长大越难觉得快乐了呢？我想，成长的我们其实失去了一些生命中很珍贵的品质。

　　长大后的我们越来越在乎周围的人对我们的看法，生怕自己的一举手一投足会招来别人的不认同或非议。于是，我们谨小慎微、小心翼翼地把自己包裹成了一个会让别人喜欢的自己。为此，我们可以牺牲真实，我们可以改变性情。伪装了太久，渐渐地我们也就忘记了真实的自己原来的样子。我想，曾经那个率性而为的你也是有很多优点的吧！从前的那个孩子从来不会对权势妥协，不管对方是谁，要打的架还是要打到底；从前的那个孩子也会口无遮拦，惹爱他的人生气；从前的那个孩子还保留本真、留存善良，见到受苦的人们也会难过得哭泣；从前的那个孩子很容易满足，一个笑容可能只是因为赢了一场游戏；从前的那个孩子对世界满怀善意，哪怕遍体鳞伤也从未放弃……

可现在，率性而为也变得如此难能可贵。

现在，别人眼里的我们变得更可爱了，似乎被生活磨去了原有的棱角，也变得更容易接近。我们圆滑地隐藏着自己内心的声音，完美地保留着自己对世界的看法；我们习惯快步走过乞讨的人，没有丝毫迟疑；我们再也不会向身边的人随意袒露自己的伤疤，因为怕他们看到自己受伤的痕迹；我们把自己锁在自己固有的安全地带里，用谎言来保护自己，连笑脸也变成讨好别人的面具。真诚呢？不知道去了哪里。真的很多人喜欢现在的这个你，他们很满意这样一个平凡的你。再也看不到那个闪着光亮的你，再也看不到那个满身锐气的你，再也看不到那个伸张正义的你。身边的人来来去去，一转眼之间，没有了光芒的你便被淹没在茫茫人海里。那温热的你，从此再也不知道去了哪里。那发光的你，从此再也不知道去了哪里。你从此以后变成了一个装在套子里的人。

记得小时候的你很坚持，一般没有你解决不了的问题，没有你达成不了的目的。肚子饿了的你不停地号啕大哭，爸爸妈妈便拿来了你想要的奶瓶。而现在，你遇到问题、挑战却常常选择放弃。

记得小时候的你很善良，看到电视里面受苦的人们你会难过得哭泣，将零花钱罐砸碎把积攒下来的硬币一分一分地整理，捐给受苦的魂灵，眼里满是同情。长大后，那些同理心却不知去了哪里。

记得小时候的你很顽皮，眼里没有规矩也不会循规蹈矩，抱着游戏机打着最爱的超级玛丽。可现在的你，每一次游戏都是你的一场博弈。

记得小时候的你很正义，理直气壮地讲着你心中的大道理，也从来没有忘记惩恶扬善。长大后的你，不知把这些信条一股脑儿丢到了哪里。

可是，现在的你失去了这些，也就失去了自己。

其实，快乐并没有忘记你，只是你忘记了怎样快乐。

檀木匣子

　　快要上飞机了，张建强小心翼翼地将贵宾休息室座椅上的檀木匣子用双手捧了起来，等待着登机口的开放。为了这次大陆之行，他等待了两年，直至台湾与大陆开通第一个直达的航班。

　　正在登机的人们似乎对这次特殊的旅程有着深深的期待，浓厚的台湾腔夹杂着一口标准的乡音，谈话声不绝于耳。张建强默不作声，双手捧着那个檀木匣子，一步一步缓缓地随着人群行进着。找到座位的人们纷纷忙着安顿自己的行李，空姐们也四处巡视着有没有乘客需要帮助。张建强将那个匣子小心地放在座椅上，之后他准备取下自己的背包放入座位上面的行李舱。目光扫视到那个檀木匣子的时候他却迟疑了，终于没能让自己的视线离开那个匣子。一名空姐好像察觉到了张建强的困难，她走了过来问道："先生，有什么我可以帮您的吗？"张建强顿了顿，将檀木匣子重新捧回了自己的手里，有礼貌地说："劳烦您帮我将行李包放上去，谢谢了！"空姐攀上座椅下方的支撑杆，将行李包缓缓落了上去。张建强松了口气，终于坐了下来，但双手仍然紧紧捧着那个匣子不放。嬉闹声渐渐消去，在劳累的飞行中人们渐渐闭上眼睛进入了梦乡，旅途的疲惫更多地替代了兴奋感。长达三小时的航程，张建强都目不转睛地死死盯着那个檀木匣子。没有人知道那个檀木匣子里头装的是怎样金贵的宝贝，能让一个人全然忘却了旅途的疲惫。

　　"各位乘客您好，您乘坐的 CA2658 次航班半小时后将降落在福州机场，请您系好安全带，在自己的座位上坐好，等待飞机的降落，卫生间暂时停止使用，谢谢您的合作！"机舱里的声音将人们从梦乡中叫醒，机舱又变得热闹起来。张建强旁边的一位操着浓厚的福建口音的人看着他手上捧着的檀木匣子，眼里露出奇光，他小心翼翼地和张建强搭着腔，说道："老兄啊，我说您这匣子里装着的是什么宝贝啊？能不能给老弟我长长见识。"张建强抿嘴笑了笑，说道："老弟你行李中装的什么东西，能不能给老哥我看看长长见识啊？"瞬时，那个人的脸都快变成了绿色。为了挽回面子，他大声喝道："我花五千台币买你的匣子！"张建强嘴角的笑顿时从嘴边收了回去，眼角的肌肉抽搐着，义正词严地说道："就是五千万台币我也不卖！"人们的眼光纷纷聚集了过来，议论声、嘲笑声顿时不绝于耳。在旅途的空虚与无聊中，这件新鲜事无疑成了多事的人最好的谈资。张建强没有顾及大家的反应，只是静静坐着，仍然是开始的那一个姿势，手紧紧地捧着那个匣子。飞机平稳地降落在了福州机场，他严肃的脸上终于流露出了一丝淡淡的笑容，叫空姐帮忙拿下背包后，他便健步如飞地下了飞机。

　　来接他的车子已经停在了机场停车场，当他走到旅客到达处的时候，一个和他差不多年纪的人举着写着他名字的牌子招着手，他走了过去。来接他的人名叫毕思水，老毕替他接过背包，两人便径直向停车场走去。他们上车后，轿车飞速行驶，不过他们的目的地却是离市区更远的郊外。

　　"老毕啊！咱爸是故交，想当年你爸留在了大陆，我爸却到了台湾。我爸离开大陆几十年，也把大陆在心里深深藏了几十年，他那份落叶归根的情义从来都没有变过！现在，他老人家终于实现了落叶归根的愿望，我是真的为他感到高兴啊！"说到这儿张建强的声音颤抖了一下，却也是伴着辛酸的泪水。滴滴眼泪掉落在那个檀木匣子上，折射着的阳光在这些晶莹的泪珠上格外显眼。他用手轻轻抚摸着匣子，接着说道："我爸的一生真是颠沛流离，从打鬼子的时候起就背井离乡，后来到了台湾，他整整离开了家乡五十年，一想到他坐在轮椅上不能动弹的时候却还心心念念地流着泪问我什么时候能够重回故乡，我就心酸。他老人家打鬼子受过多少伤，流过多少血，但他从没在我眼前流过一滴眼泪。唯独提到大陆，他的眼泪就像断了线的珠子，怎么劝都止不住。等了几十年，拖着病体的他没能等到，我这个做儿子的却等到了这一天，台湾与大陆通航，我带着他老人家的骨灰回到了他一生心心念念的地方，我想他老人家会安心的，再也不会在我梦里哭泣了吧！带他回家，我这个后辈也算尽到了一点责任吧！也不至于未完成他的这个心愿而愧疚一生了。"他说到这里，毕思水的脸上也早已老泪纵横。老毕擦了擦眼睛，说道："我爸在这边一直挂念着你爸他老人家啊，当时他多想能把你爸留下来啊！可是，命运的安排是这样，从此他们便永远被一条海峡分隔开来。他老人家走的时候吩咐过我一定要和你联系上，把这封信转交给你的父亲。终于，皇天不负有心人，我找到了你。可是造化弄人，你的父亲早已不在人世。这次你能带着你父亲的骨灰盒回来也算了却了我父亲的一桩心事，我的老父亲也总算能安息了！"

轿车仍然飞速地行驶着，两旁道路上的杨树也匆匆地倒退，仿佛人生走到了终点，却也是回到了一个新的起点。

炽热的阳光照耀在黑色的轿车上，反射出一道道强光，显得肃穆而又安详。两个多小时后，轿车在郊外草坪的一棵槐树下停了下来，老毕和老张走下了车，老毕打开轿车的后备厢拿出了一把铁锹，老张说了一声动手后，老毕便匆匆掘了起来。老毕挖了两米后说道："老张，好了！"

老张轻轻拍了拍檀木匣子，说道："爸，您老人家终于回来了！"眼角是涌出的眼泪，嘴角却是一丝淡淡的微笑。"落叶归根了!"老毕长叹一口气,仿佛完成了一件世界上最最重要的事情。将匣子放了进去,大陆的泥土覆盖着这个被张建强视为宝贝的檀木匣子。落叶归根的不仅仅是一个骨灰盒,更是一个抗战老人对于故乡的想念以及生活在宝岛台湾的大陆人对于大陆那深沉的爱……

夕阳的余晖映衬着老张和老毕的背影,他们的耳畔响起了于右任老将军"葬我于高山之上兮,望我大陆"的诗,多少代人落叶归根的梦想,多少将士回归大陆的期望,在这个檀木匣子的回归中得到了最美好的注解。

伽利略——时代的先行者：
布莱希特《伽利略传》里的别样英雄

Hieme et aestate, et prope et procul, usque dum viviam et ultra. 无论寒暑，无论远近，终余一生，锲而不舍。

——《伽利略传》

　　布莱希特在 1938 年 11 月 23 日的日记中写道："《伽利略传》完成了，只用了三个星期的时间。"在这样一段短暂的时间内，一部伟大的著作诞生了。二十一天的时间，剧作家给予了笔下的人物以崭新的生命。

　　布莱希特笔下的伽利略是个伟大的普通人，他和普通人一样热衷于各种美食美酒，甚至在具有诱惑力的烧鹅面前即刻化身为一个好吃鬼的模样。《伽利略传》第二章的第二段是这样描述的："伟人做的一切不都是伟大的，伽利略喜欢好吃的。听吧，不要为这而愤怒，这就是望远镜的真理。"我喜欢这段话，因为它的真实。在真实面前其他的一切都显得无关紧要。正因为这种真实的叙述，布莱希特笔下的伽利略独具一格、真实可亲。《伽利略传》中的伽利略也毫不避讳他的这一特点，他甚至现身说法："当我吃好饭、喝好酒的时候常常出现灵感。"

　　布莱希特在这里首先把伽利略还原成一个真实的人，摒弃所有对于伟大人物的盲目崇拜，出现在我们面前的首先是一个有血有肉的凡人，其次才是一个伟大的人。许多人性的弱点是共通的，也是客观存在的。在写给九岁的佛罗伦萨大公爵的信中，伽利略这样奉承道："我万分渴望亲近您，您是初升的太阳啊，把这个时代照亮。"对自古以来就崇尚"安能摧眉折腰事权贵，使我不得开心颜"的中国人来说，虽然这是溜须拍马、滑稽吹捧权贵的伽利略的形象，但是这种曲线达成目的的胸怀恰恰是书中的伽利略最为深沉的智慧。他坚信只要能实现自己所想——证明宏伟的日心说，完全可以不择手段，甚至可以牺牲为人师为人臣的尊严。他在信中让佛罗伦萨大公爵记起自己是公爵忠诚恭顺的仆人，他说作为公爵的臣子降生到这个世界是他最高的荣耀。不久后，点头哈腰、溜须拍马的目的达到，他来到了修士统治的地盘——佛罗伦萨。于是，人们开始思考：是否真的只有那些为了事业献出了自己宝贵生命的人才是真正的英雄呢？

对于某一个时代中国的古人们来说答案也许是肯定的。在中华民族传统的价值观里，人们更加热衷于悲剧式的英雄，如在"举世皆浊我独清，众人皆醉我独醒"的时代投江的文人屈原；"生当作人杰，死亦为鬼雄"，乌江自刎而亡的一代枭雄项羽；"虽灭十族，亦不附乱"，以死保节之士方孝孺；高喊"有心杀贼，无力回天，死得其所，快哉快哉"的戊戌变法成员谭嗣同。而这种具有局限性的价值观在我们读罢《伽利略传》后都有了一些实质性的改观。人们开始反思自己原有的思维模式，开始审视布莱希特《伽利略传》里的这个别样英雄。这在这个一向注重"气节"的古老国度也许是一种新的进步。

这里所描写的伽利略实际上是将作为一个科学家的"气节"抛在了一边，他会卑躬屈膝地讨好权贵来达到自己迁移到佛罗伦萨的目的，他也会因为惧怕酷刑逼迫而改变自己的立场和初衷。他胆小而又畏惧，他矛盾而又纠结。书中的第十三章中，伽利略在对刑具的畏惧中选择了妥协，这个决定让他所

有的弟子大吃一惊，安德烈亚对着伽利略怒骂道："你这个酒
囊饭袋吞吃蜗牛的家伙！你救了你自己的命吧？"这里所描写
的伽利略的形象似乎有些让人无法接受，因为在所有人的眼
中，英雄似乎都是不为严刑逼供所屈服的，而这位别样的科学
家却在刑具面前选择了放弃对外所声明的真理。我们在这里看
到了他内心深处的怯弱，甚至有些无法理解他所做出的决定。
此时伟岸明朗的人物形象似乎已经变得怯弱和卑微起来，看到
这里我们仿佛知道人性在面对一切不可知时的迷茫和脆弱。

　　安德烈亚在这一章中说了一句令人印象深刻的话："没有
英雄的国家多么不幸啊！"伽利略反驳说："不。需要英雄的
国家才是不幸的。"布莱希特辩证唯物的哲学思想在他的戏剧
作品字里行间显露了出来。安德烈亚并不能理解伽利略真实的
内心世界，作为一个走在时代前沿的伟人，伽利略无疑是孤独
的、不被世人所理解的。他所有的举动、所有的妥协都只为完
成到达终点的使命，他怯弱、好吃，同时他也执着、坚持。他
让安德烈亚相信："在障碍物前面，两点之间最短的一条线可
能是曲线。"数学理论里的"两点之间直线最短"在现实生活
中也许并不适用，在生活中无数的障碍物面前，要想到达终点
就必须运用超乎常人的智慧，也必须耐得住无人懂得的孤独。
《伽利略传》中的伽利略因为这些而变得可亲、可爱。在安德
烈亚问他为什么要放弃学说的时候，他的回答让人难以直视，
同时又具有别具一格的现实感，他说他害怕肉体上的痛苦。伽
利略是一个普通人，同时他又是一个伟大的人。他和我们一样
平凡却又有着超乎我们的不凡，他和普通人一样惧怕肉体的痛
苦，他和普通人一样有着对于美味佳肴的热衷，他和普通人一
样怯弱而又有着身为浩瀚宇宙中沧海一粟的卑微。他同时又是
不凡的，他的不凡在于他对于真理诉求的执着，在于他为抵达
目的地不顾过程的迂回，在于他证实自己的弱点并在安德烈亚

面前忏悔。反观伽利略的行为，我们可以清晰地看到伟人也是凡人，但他们绝对有一些特质使他们能和平凡的人区分开来。

伟大和普通也许在有些人的眼中是水火不容的，他们把伟大神化却忘记了伟大也是诞生于普通人之身，首先他们必须是一个人——有血有肉的人，其次才是一个伟大得可以改变世界的人。布莱希特的这一艺术作品把在人类进程中留下重要足迹的伽利略还原成了一个有血有肉的真英雄，他有着和普通人一样的人性弱点，他不是高大全式的人物，他是一个别样的英雄。就像茨威格《伟大的悲剧》中歌颂的英雄斯科特一样，他们都是别样的英雄。布莱希特借伽利略之口说过人性的弱点是"贪生怕死"。可是当我们真的被迫在真理和生命之间做选择的时候，又需要有多大的勇气才能选择真理而放弃生命？我们钦佩那些为了达到目的而放弃生命的勇士，却忘记了那些迂回着一步一步在众人鄙夷的眼光里爬向终点的别样英雄。其实我们忽视的是：他们都是英雄，他们都很伟大。在追逐梦想与真理的执着中闪烁的亮点使得他们的形象在人类群星中变得熠熠生辉。《走下神坛的毛泽东》（*MAOZEDONG，Man，Not God*）一书中写到，毛泽东不会轻易掉眼泪，但是在观看京剧《白蛇传》的时候他却为许仙和白素贞被法海生生分离而潸然泪下，他在这出戏结束的时候甚至表现出十分孩子气的举动：没有与演法海的演员握手。这样呈现出来的毛泽东是极其真实的，而正因为艺术作品中展现出的贴近生活的真实感才使得艺术作品本身显得格外珍贵。布莱希特的《伽利略传》用几个极其具有说服力的细节来展现这位伟人内心所有的脆弱与孤独、疲惫与不堪。人物形象的塑造不再局限于一味拔高式地吹捧人物本身，而是转化为以平实的语言展现生活中的伽利略作为一名普通人所存在的真实感。还有一个细节让我觉得《走下神坛的毛泽东》和《伽利略传》中描写的两位伟人形象是有着异曲同工之妙的。毛泽东在每一次打了胜仗后总会要求李银桥给他去弄一碗肥肉居多的红烧肉，众所周知毛泽东是红烧肉的铁杆粉丝，而伽利略则痴迷于肥实的烧鹅。同样是两位伟人，一位用红烧肉补脑，一位说好酒好肉给他更好的灵感。对人类本身来说，对美食的追求是亘古不变的，对伟人来说也并不例外。《伽利略传》中对伽利略迷恋于美食佳酿的描写并没有使伽利略的人物形象大打折扣，反而提升了人物形象的真实感和对读者的亲切感，因为这两种感觉，才使得伟人走下神坛，有了让我们感到平实可亲的力量。

如果说有一种英雄的形象可以深深植根于所有人心中的话，我想这种形象一定是极其具有真实感的。真正的智者不会把英雄塑造成百无缺陷、万无一失的勇者（阿喀琉斯也会受制于脚踝的缺陷），他们会把英雄塑造成一个有缺点也畏惧死亡的真实的人（与众不同的是不管多难多险，在曲折的道路上他们从未放弃）。布莱希特恰恰是这样的智者，他笔下的伽利略俨然呈现出"邻家科学家"的一副模样，让人倍感亲切。只有这样的艺术加工才能使得这样一部戏剧作品在经历风雨岁月的洗涤后仍旧历久弥新。布莱希特也让我们记住了这样一位别样的英雄——伽利略·伽利雷。他的出生赶在米开朗琪罗去世前三天，仿佛是上天刻意的安排，让他来连接一个时代——文艺复兴基本完成，近代科学开始奠基。伽利略去世后，他的灵柩停放在佛罗伦萨圣十字教堂，和伟大的艺术家米开朗琪罗相邻。他是将宇宙真理与我们这个时代连接起来的别样的英雄。

李渔和他的《闲情偶寄》

　　如果说中国历史上有一位文人能够在纵情山水享乐的同时又不忘将其所拥有的经历经验付诸笔端的话，这个人非李渔莫属。李渔是一个会生活的人，也是一个有着世俗气息懂得经营自己人生的人，这一点我们可以从他的作品当中感受到，这部作品是《闲情偶寄》。

　　《闲情偶寄》是中国最早的戏曲理论论著，于康熙十年（1671）刊刻。《闲情偶寄》包括词曲、演习、声容、居室、器玩、饮馔、种植、颐养八部。在前两部中，李渔将自己在戏曲领域多年的经验和心得提升到了理论的高度，给后人以启迪和思考。而在后六部中，李渔将笔锋一转，由戏曲转至人生，用他极其平实的语言道出生活的真谛。

　　说到戏曲的写作，李渔可谓行家中的行家。他的《笠翁十种曲》一经出版便"洛阳纸贵"，被抢购一空。李渔从六十岁前后开始系统地总结经验，使其上升到具有理论意义的高度。他在《闲情偶寄》的词曲部中说到写作要遵从以下几点：戒讽刺、立主脑、脱窠臼、密针线、减头绪、戒荒唐、审虚实。戒讽刺中提到有时候文字是比杀人之刀更加锋利的刀刃，文辞言语可以置人于死地，所以言语应当谨小慎微，尤其小心。立主脑则以王实甫《西厢记》为例，写到一切情节皆为张生和崔莺莺二人的主线服务而缓缓铺张开来，所有情节都是对二人感情主线具有很大作用的存在。李渔说道："主脑非他，即作者立言之本意也。"此处旁征博引说到王实甫《西厢

记》可谓事出有因，其主脑之突出可谓人尽皆知，看罢全书
即可清晰地知道作者想要表达的深层含义，以及情节设置为主
线人物感情发展服务的技巧。而脱窠臼中李渔说道："人惟求
旧，物惟求新。新也者，天下事物之美称也。而文章一物，较
之他物，尤加倍焉。"这似乎和乐府《古艳歌》的"茕茕白
兔，东走西顾。衣不如新，人不如故"和《晏子春秋·内篇
杂上》的"衣莫若新，人莫若故"有着异曲同工之妙。文章
应以新为贵，古往今来虽然上演无数传奇故事，但人们终究是
青睐有着独特的情节和无可附加的趣味的故事。这也印证了李
渔这一个观点。密针线中说编戏就如同做针线活——缝衣，开
始需要把完整的剪碎，后来又需要用碎片来拼接成衣。他提到
了自己认为元曲中破绽最多最为疏忽的一本书是高则诚的
《琵琶记》。在这一部分中作者挑选出了很多破绽，这些都可
以证明李渔思维的严谨和其对于戏曲创作的审慎。减头绪是指
要尽量减少作品中繁杂的人物形象和与故事主脑无关的复杂情
节，"头绪繁多，传奇之大病也。《荆》《刘》《拜》《杀》之
得传于后，止为一线到底，并无旁见侧出之情"。如若头绪太
多，容易造成观者和作者思维的混乱，从而干扰了艺术品本身
的影响力。在我看来，这里的减头绪思想其实也并不绝对，因
为有很多好的西方艺术作品是由多条线展开的，也有着极大的
艺术影响力，如维克多·雨果的《悲惨世界》。只要作者拥有
充足的能力去驾驭这样庞大的写作安排，同样能够取得惊人的
表达效果。戒荒唐中说到了古代妇女守节之事，李渔认为一定
要有一些新奇但是又不荒唐的事例来吸引观者的注意力。而词
曲部之词采第二中写到了以下几点：贵浅显，重机趣，戒浮
泛，忌填塞。这几点的确是显现文辞文采的重点之处。第一点
也显得尤为重要，因为自古以来戏曲传奇都是在民间传播的，

因此让平民百姓懂得言辞的意思以及使言语变得浅显也就尤为重要了。如果一部作品文辞非常华美而平常百姓不能很好理解的话，也就显得有些华而不实了。艺术作品终究是需要经过大多数百姓的审阅的，如果大多数审阅者都无法理解，这样的作品存在的意义也就微乎其微了。我想李渔的这个观点不仅对于古代的戏曲创作适用，也对当代文学的创作适用。因为古往今来的艺术价值是共通的，能成为经典的必定是雅俗共赏的佳作。《红楼梦》《三国演义》《水浒传》《西游记》，流传至今的四大名著都是通俗易懂但又饱含创作者思想与智慧的佳作。流传源于通俗。李白的《秋风词》写道："秋风清，秋风明，落叶聚还散，寒鸦栖复惊。相思相见知何日？此时此夜难为情！入我相思门，知我相思苦，长相思兮长相忆，短相思兮无穷极，早知如此绊人心，何如当初莫相识。"这一首词几乎人人成诵，这与它的通俗易懂实在是分不开的，如果这是一首十分拗口复杂的词，想必也不会如此脍炙人口吧！

李渔对于选剧、格局、授曲、教白、脱套、变调、科诨、宾白都有一番自己独到的见解。在词曲和演习这两部中，他对于这些都有极其详尽的分析和解释，这对于将要从事戏曲行业的人们无疑是一本很好很全面的导向书。另外，后六部也凝聚了李渔对于日常生活的智慧，涵盖了养生、建筑、穿衣、茶道、美容等方面的内容。

在声容部中，李渔说到了一些相学的内容，即如何通过人的面相和手相来识人，这些在我看来颇有趣味。其实在古代，一些"易学"的理论就十分流行，这也可以让我们深刻体会到李渔的博学。李渔在这一部中教习人们如何去装饰自己，使自己更有气质和人格魅力，如首饰、丝竹、衣衫或者文艺。

居室部说的是起居场所的选择和设计，颇有几分风水学的味道。房屋的选址以及设计都有讲究，并不是凑合糊弄完事。

器玩部写到的几案、椅子、橱柜、古董、炉瓶、屏烛、茶具、酒具、碗碟、灯烛样样都不可少，这才是文人雅客的起居之室。

饮馔部的内容可谓让人垂涎三尺，各种食品的烹饪方法都被李渔付诸纸上，略加之以养生之法。这让我想起了张岱，他也是一个极其会生活的文人。章诒和曾经在她的作品里说道："若生在明清，就只嫁张岱。"这便体现出张岱的无穷魅力。说到李渔，我们也许可以这么说，若能穿越回古代，就只跟随李渔吃遍人间美食、赏遍人间美景，此乃人间一大快事。

种植部中罗列了大大小小的植物，将它们的特性都勾勒了出来，让读者有了一些十分清晰的认知。就算读者以前从未对种植有兴趣，想必在看罢李渔的《闲情偶寄》后也会对此有"三五分精神"。李渔让人出乎意料的地方还在于他琢磨出一系列的养生之道。假若古人能够按照李渔的养生之法生活，他们的生活质量想必也会提高很多吧！李渔将行乐之法分为春夏秋冬四季，四季行乐之法各有不同。

颐养部中写到了人应该如何颐养天年，李渔用贵富贫贱作为区分来传授颐养之道，分几个部分阐述一些养生养神的方法让人们加以学习。其中"坐、立、行、饮、谈、沐浴、听琴观棋、看花听鸟、蓄养禽鱼、浇灌竹木"等养生之道今人仍然被借鉴实行。

李渔的《闲情偶寄》是一部涉猎广泛的百科全书，既有戏曲学方面的理论，又有养生生活方面的经验和知识，是能够指引人们生活和行乐的难能可贵的宝典。如果说李渔不是一个热爱生活的作家，他就不可能写出这么多具有生活气息的艺术作品，不论是《风筝误》还是《怜相伴》抑或是《闲情偶寄》，都饱含了作者最深沉的智慧和最广泛的知识背景，他高超的技艺和广博的学识不得不让人钦佩、让人崇拜。我想李渔的时代必将因为出了李渔这么一位才子雅客而熠熠生辉。《闲情偶寄》也不再仅仅是一部散文集，而是这样一位杰出的文学家、戏剧家数十年来智慧的结晶，不断给不同时代的中国人指引着生活的方向。

《西厢记》的文学影响及其语言艺术的研究

一直以来，《西厢记》与《红楼梦》都被人们奉为经典。它们是我们民族文化的瑰宝，折射出先人勇于突破封建束缚的不竭勇气以及妙语连珠、饱读诗书的无穷智慧。

赵景深先生在《明刊本西厢记研究·序》中称赞这两本巨著为"中国古典文艺中的双璧"。明初贾仲明挽王实甫的《凌波仙》一词中写道："作词章，风韵美，士林中等辈伏低。新杂剧，旧传奇，《西厢记》天下夺魁。"《录鬼簿》王伯良观之叹曰："实甫《西厢》，千古绝技，微词奥旨，未易窥测。"陈继如在《新校注古本西厢记》中评之为"千古第一神物"。《红楼梦》第二十三回"西厢记妙词通戏语，牡丹亭艳曲警芳心"中赞曰："真正都是好文章！你若看了，连饭也不想吃呢。"

《西厢记》自流传开始就给人们留下了这样的一个美好期许："永老无别离，万古常完聚，愿普天下有情的都成了眷属"，这其实也一直植根于中国人喜好大团圆结局的文化背景。西湖月老祠的对联这样写道："愿天下有情人，都成了眷属；是前生注定事，莫错过姻缘。"这些无疑表现了《西厢记》对后世人们的文化观念以及思想境界所造成的深远影响，这种影响一直延续着，一代又一代。这么多年以来，人们对爱情的美好憧憬不会改变，对自由的无尽向往不会迁移，对封建制度禁锢人思想的反抗不会结束，这便是《西厢记》一直保存下来并且创造无限精神价值的理由。

　　王实甫深厚的语言功底在《西厢记》中发挥得淋漓尽致，尤其在其巧妙化用唐诗宋词以及广泛涉猎佛学、儒学和《诗经》的典故中得到了体现。

　　在语言的形象化方面，各种元素的借鉴和非物质因素的物质化使文辞掷地有声。第一本楔子的幺篇中有这样一句："花落水流红，闲愁万种，无语怨东风。"我们可以在李贺的《河南府试十二月乐词·四月》"老景沉重无惊飞，堕红残萼暗参差"中看到作者的灵感来源。王实甫还巧妙借鉴了贺铸《青玉案》"试问闲愁都几许？一川烟草，满城风絮，梅子黄时雨"中对闲愁的描写，化用这些诗句中的一些元素，然后自己另外开辟出一条勾勒愁绪的新道路，实际上作者在描写中已经将这种无法量化的闲愁思绪量化了，我们看到的这种愁绪无疑是形象化后的结果。第二折提到了"俺那里有落红满地胭脂冷，休辜负了良辰美景"，谢灵运《拟魏太子邺中集诗八首序》也云："天下良辰、美景、赏心、乐事，四者难并。"汤显祖《牡丹亭》的【皂罗袍】道："原来姹紫嫣红开遍，似这般都付与断井颓垣。良辰美景奈何天，赏心乐事谁家院？恁般景致，我老爷和奶奶再不提起。朝飞暮卷，云霞翠轩，雨丝风片，烟波画船。锦屏人忒看的这韶光贱！"三段对于景物不同的描写各有风韵，但我觉得这里最妙的还是当属汤显祖之《牡丹亭》，但是"胭脂冷"这一描述却也可说得上王实甫首创了。第三折《正宫》词云："碧云天，黄花地，西风紧，北燕南飞。晓来谁染霜林醉？总是离人泪。"此中别离的场景刻画得十分形象，历历在目，悲从中来。在董解元《西厢记诸宫调》中也有这样的描写："君不见满川红叶，尽是离人眼中血。"直至今日，红枫叶依然成为人们寄托离别哀情的信物。王实甫《西厢记》又有词云："遥望见十里长亭，减了玉肌。此恨谁知！"此句出自秦观《画堂春》词："放花无语对斜晖，此恨谁知!"正是这不可克制的思念让人消瘦、让人惆怅啊!
第二折中有这样一句话"把一天愁都撮在眉尖上",而在关汉
卿《闺怨佳人拜月亭》第二折中也有"把这世间愁都撮在我
眉尖上",两位大家的言辞不谋而合。在我看来,这个"撮"
字用得实在是妙,把不能形象化的愁思形象化并且让其有了难
能可贵的动感,"撮"字最早用于愁思的诗句已然无证可考,
但是两位大家同样的妙用也着实让人深思。从这里我们可以看
到他们对于炼字的不断追求,这也如同贾岛"鸟宿池边树,
僧敲(推)月下门"中对"推敲"的不停琢磨,虽只关乎一
个字,但这个字更能营造诗歌的意境,使表达效果更形象。

　　《西厢记》的语言还有着其十分独特的表达方式,我们可
以把它概括为个性化的语言。例如,李商隐《无题》曰:"刘
郎已恨蓬山远,更隔蓬山一万重",欧阳修《踏莎行》曰:
"平芜尽处是春山,行人更在春山外",王实甫则云:"当初那
巫山远隔如天样,听说罢又在巫山那厢",这三句诗一对比即
十分明了其中的差异。再者,在《西厢记》幺篇中有这样一
段描写:"恰便似呖呖莺声花外啭,行一步可人怜。解舞腰肢
娇又软,千般袅娜,万般旖旎,似垂柳晚风前。"虽与《红楼
梦》中对林黛玉"两弯似蹙非蹙胃烟眉,一双似泣非泣含露
目。态生两靥之愁,娇袭一身之病。泪光点点,娇喘微微。闲
静时如姣花照水,行动处似弱柳扶风。心较比干多一窍,病如
西子胜三分"的描写有着异曲同工之妙,但与此同时也是极
具个性的。《红楼梦》对黛玉的描写重点表现在眉宇神态之
上,而《西厢记》则将侧重点放在了对崔莺莺声音和动作形
态的描写,互相对比之间,这种语言独特的个性也就显现了出
来。这样美到极致的词语组合构成了如画般的表达效果,突出
了崔莺莺"千般袅娜,万般旖旎"的绝美形象。从某种程度
上说,这种表达实际上也是蒙太奇手法的一种运用。虽然说蒙

太奇这个专业术语来源于西方国家，但是我们的先人早在千百年前就已经在华美的诗歌表达中运用了这种智慧。同样运用这种智慧的还有马致远《天净沙·秋思》："枯藤老树昏鸦，小桥流水人家，古道西风瘦马。夕阳西下，断肠人在天涯。"几个意向的叠加达到了最大化的表达效果，这正是并列叠加蒙太奇手法的运用。恰恰是这些艺术手法的交织与融合使得语言更加灵活与独特，形成了王实甫《西厢记》独树一帜的语言，谓之个性化的语言。

　　语言的生动也是《西厢记》一大特点，而这种特点是植根于典故的使用上的。众所周知，华夏文明有着恒久不衰绵延五千年的智慧，在这五千年历史车轮的转动中留下了许多经久不衰的动人故事，后人由此整理成了一些典故，王实甫将这些典故很好地运用在《西厢记》的语言里，《西厢记》也因为这些典故的加入变得格外生动多彩。

　　第一折中用了"萤窗雪案"和"刮垢磨光"的典故，说的是晋人车胤勤学的故事，这个故事今人大抵是都知道的。《晋书·车胤传》有这样的记载："胤恭勤不倦，博学多通。家贫，不常得油，夏月则练囊盛数十萤火以照书，以夜继日焉。"而雪案则典自晋人孙康勤学的故事，李善注引《孙氏世录》有云："孙康家贫，常映雪读书，清介，交游不杂。"孙康车胤的典故双双衬托出张生的勤学与多才，对于张生这个人物的塑造起着至关重要的作用，在古代对才子佳人的描写中也是有着举足轻重的地位的。而刮垢磨光这个典故取自韩愈《劝学解》："爬罗剔抉，刮垢磨光。"原喻人才一经磨炼就能够放出无限的光亮，而在这里则是指读书时用心琢磨、去芜存精的意思。这样的化用无疑彰显了作者信手拈来的深厚文学功力以及点石成金的无穷智慧，如韩愈不是以《劝学解》而闻名于世的，但是王实甫却将此文中的描写巧妙地化为己用，取

其精华，这无疑是在实甫其文千古流传的原因。第三本的楔子
"声明播斗南"借用《新唐书·狄仁杰传》中"狄公之贤，北
斗以南，一人而已"的典故，也神似谢灵运称颂三国魏时期
诗人曹植时所用的比喻："天下才有一石，曹子建独占八斗，
我得一斗，天下共分一斗。"（斗南一人即为天下一人）王实
甫《西厢记》借用《楚辞》的典故云"林下晒衣嫌日淡，池
中濯足恨鱼腥"，《楚辞》于后人的文学影响大抵显见于此罢！
从这个典故的运用中我们也可以窥见古代文人墨客对于屈原这
样的爱国主义诗人的崇拜。《四煞》中"卧看牵牛织女星"取
自杜牧《秋夕》"天阶月色凉如水，卧看牵牛织女星"的原
句，放在这里又别有一番韵味了。《西厢记》中提到的"拈花
微笑"实际上来源于佛教的典故。相传释迦牟尼于灵山会说
法，拈花示众，众人不解其意，唯有弟子摩诃迦叶破颜微笑。
《五灯会元》卷一《七佛之释迦牟尼》后遂意"拈花微笑"
喻心心相印。佛教典故的运用也许可以成为古代中国人信仰的
一个考证，可见在包括唐、宋、元朝时期，佛教在中原产生了
一定的影响，特别是在武则天时期的唐朝变得尤为兴盛，这在
敦煌石窟第 108 号石窟中可以考证。古人对于佛教典籍中所呈
现出的人生启迪与思想顿悟有着自己客观的见解，虽然不一定
大家都沉迷于佛教的四世因果以及六世轮回的观点，但佛教智
慧的影响在此时已经显露无遗。这一处"拈花微笑"佛教典
故的运用也着实有慧能"菩提本非树，明镜亦非台。本来无
一物，何处惹尘埃"的看透；有弘一"涵容以待人，恬淡以
处世"的超脱；有星云"春天，不是季节，而是内心；生命，
不是躯体，而是心性；老人，不是年龄，而是心境；人生，不
是岁月，而是永恒"的淡然；更有"宠辱不惊，闲看庭前花
开花落；去留无意，漫随天外云卷云舒"的味道。《西厢记》
的《上马娇》中写道："我见她宜嗔宜喜春风面，偏、宜贴翠

花钿。"春风面"一词无疑让人回想起杜甫《咏怀古迹之三》中对王昭君的描写："画图省识春风面,环佩空归夜月魂。"王实甫巧用杜公诗中之典故成词,这给人物形象刻画添上了浓墨重彩的一笔。而王实甫词中"嗔"这个字也用得尤为微妙,其可云"妙不可言也",乃至今人似查良镛者频频效之。查良镛《神雕侠侣》一书中对小龙女的描写即以"嗔"为其态,龙女之状可想而知。第三折中张生唱罢"月色溶溶夜,花阴寂寂春。如何临皓魄,不见月中人"后,莺莺和云"兰闺久寂寞,无事度芳春。料得行吟者,应怜长叹人"。这其中"溶溶"二字用得尤为绝妙,但也并不是无典可寻的。晏殊《无题》中写道:"梨花院落溶溶月,柳絮池塘淡淡风。"毫无疑问,在这里,王实甫借用了晏殊《无题》之典故来"据事以类义,援古以证今",恰如"水中着盐,饮水乃知盐味"。第四折《折桂令》云:"烛影风摇,香霭云飘,贪看莺莺,烛灭香消。"其句本自朱淑真《浣溪沙》一词中"玉体金钗一样娇,背灯初解绣裙腰,衾寒枕冷夜香消"。白朴也在其《唐明皇秋夜梧桐雨》第四折中曰:"枕冷衾寒,烛灭香消。"莫不过是朱淑真其词,两位元杂剧大家都觉得完美了吧!第二本第一折中有"眉黛青颦"一说,这让我想到了《红楼梦》中林黛玉的小名曰"颦颦"。白居易《喜小楼西新柳抽条》有云"须教碧玉羞眉黛,莫与红桃作曲尘",这里的典故取自《广韵》,其有云:"颦,颦眉,蹙也。""眉黛""青颦"这两个词语组合在一起有一番特别的感觉,也许正是本词的独特之处吧!查良镛先生在《神雕侠侣》中对小龙女的外貌描写颇为青睐"颦"这个字,数处点到小龙女秀颦微蹙。第二本第一折的《【仙吕】八声甘州》曰:"恹恹瘦损,早是伤神,那值残春。罗衣宽褪,能消几度黄昏?风袅篆烟不卷帘,雨打梨花深闭门;无语凭阑干,目断行云。"唯美的意象与黯然神伤的情感让人浮想联翩，便也想到柳三变"衣带渐宽终不悔，为伊消得人憔悴"的痴情与元微之"曾经沧海难为水，除却巫山不是云"的伤情，还有苏轼《点绛唇·离恨》中"美人愁闷，不管罗衣褪"的无奈。典故的出处大抵也就是如此罢！柳永《少年游》中写道："长安古道马迟迟，高柳乱蝉嘶。夕阳鸟外，秋风原上，目断四天垂。归云一去无踪迹，何处是前期？狎兴生疏，酒徒萧索，不似少年时。"这让我忆及《西厢记》中"落红成阵，风飘万点正愁人。池塘梦晓，阑槛辞春。蝶粉清沾飞絮雪，燕泥香惹落花尘。系春心情短柳丝长，隔花阴人远天涯近。香消了六朝金粉，清减了三楚精神"的描写，王实甫将唐诗宋词之句信手拈来，巧用典故，妙然处之，只改数字添数字而意象全出，此之谓吾读罢之感也。犹记白居易《长恨歌》中"玉容寂寞泪阑干"的啜泣，便也有了《离亭宴带歇指煞》"从今后玉容寂寞梨花朵，胭脂浅淡樱桃颗，这相思何时是可？昏邓邓黑海来深，白茫茫陆地来厚，碧悠悠青天来阔；太行山般高仰望，东洋海般深思渴"的相思。

双头花这一意象有见于五代王仁裕《开天天宝遗事》："初有木芍药，植于沉香亭前。其花一日忽开一枝两头，朝则深红，午则深碧，暮则深黄，夜则粉白，昼夜之内，香艳各异。"又让我想到姜夔其词："纵豆蔻词工，青楼梦好，难赋深情。二十四桥仍在，波心荡，冷月无声。念桥边红药，年年知为谁生。"第四折《紫花儿序》"翠袖殷勤捧玉钟"典出晏几道《鹧鸪天》"彩袖殷勤捧玉钟，当年拚却醉颜红"。第三本第一折《油葫芦》有云："一个睡昏昏不待观经史，一个意悬悬懒去拈针黹。"悬悬之意即为牵挂、思念，用到此词的还有蔡文姬的《胡笳十八拍》："身归国兮儿莫之随，心悬悬兮长如饥。"第三本第一折中还有这样一句："人似桃李春风墙外枝"，墙外枝丫，"若无清风吹，香气为谁发"。叶绍翁在

《游园不值》有曰："春色满园关不住，一枝红杏出墙来"，其渊源颇深，大抵多见于此。藕丝自古为文人表意之物，藕断丝连，人之情感也可谓此，如藕其丝，虽断尤连，不能决绝。又如孟郊《去妇》："妾心藕中丝，虽断犹牵连。"便也想起陆游《钗头凤》："红酥手，黄縢酒，满墙春色宫墙柳。东风恶，欢情薄，一怀愁绪，几年离索，错，错，错。春如旧，人空瘦，泪痕红邑鲛绡透；桃花落，闲池阁，山盟虽在，锦书难托，莫，莫，莫。"同是一番离索，难掩一表深情。藕断丝连，情留柳絮，几番愁殇。然则天下几人能至此境界耶？普天之下无人不为情所伤，"情不知所起，一往而深。生者可以死，死可以生，生而不可与死，死而不可复生者，皆非情之所至也"。及至《西厢记》第四本楔子中"锦瑟"一词所用之处，犹见贺铸《青玉案》："锦瑟华年谁与度？月台花院，琐窗朱户，只有春知处。"或典出李商隐《锦瑟》："锦瑟无端五十弦，一弦一柱思华年。"第二折"不如不遇倾城色"典出白居易《李夫人》："生亦惑，死亦惑，尤物惑人忘不得。人非草木皆有情，不如不遇倾城色。"此尤见于元微之《莺莺传》。其中"旦云"一词："妾千斤之躯，一旦弃之。此身皆托与足下，勿以他日见弃，使妾有白头之叹。"典出《西京杂记》卷三："司马相如将聘茂陵人女为妾，卓文君作《白头吟》以自绝，相如乃止。"犹记文君《白头吟》"愿得一人心，白首不相离"之感慨，用情之深，思之切，我见犹怜。"典故"一词出自《后汉书·东平宪王苍传》："中宫亲拜，事过典故。"王实甫《西厢记》中典故的运用增强了诗词的表现力，在有限的篇幅中利用语言艺术展现了丰富的文化内涵，增加了读者读其文的情趣，也使其诗词委婉而含蓄，避免了平直与乏味。

　　此为王实甫《西厢记》精妙之处也，观之乃知作者用情之深、笔墨之浓。

浅谈戏剧《牡丹亭》的语言化用艺术

明万历戊戌秋，中国杰出戏曲家、文学家汤显祖属文曰："天下女子有情，宁有如杜丽娘者乎！梦其人即病，病即弥连，至手画形容，传于世而后死。死三年矣，复能溟莫中求得其所梦者而生。如丽娘者，乃可谓之有情人耳。情不知所起，一往而深。生者可以死，死可以生。生而不可与死，死而不可复生者，皆非情之至也。"

古往今来，一部跨越生死的明朝戏剧——《牡丹亭》，不知勾起了多少人的梦茧情丝。明朝沈德符称曰："汤义仍《牡丹亭梦》一出，家传户诵，几令《西厢》减价。"明朝吕天成盛赞道："惊心动魄，且巧妙迭出，无境不新，真堪千古矣。"就连作者汤显祖本人也自叹云："一生四梦，得意处惟在牡丹。"由此我们可以窥见《牡丹亭》在整个中国传统文学发展进程中举足轻重的地位。

除了饱含深刻的思想内涵外，《牡丹亭》的语言也极具特色。汤显祖在以浓丽华艳的笔触勾勒一个少女点点情丝的同时，也为世人留下了一个关乎自由、关乎反抗的梦。精湛的语言加之灵活的运用，不仅是汤显祖饱读诗书、立意思索的结果，同时也是他直言不讳的人格见证。无可置疑，仕途的失意让他将一腔热血融入了自己笔下的人物，而其从《全唐诗》以及各种宋词中信手拈来的化用更使得字里行间洋溢着瑰丽旖旎。这些在《惊梦》《寻梦》《离魂》《闹殇》等章节中体现得尤为明显。当然，这样的化用包括了全句保留的诗词和只改数字的诗词。

全句保留的诗句在第十出《惊梦》和第十二出《寻梦》中十分明显。

例如，第十出《惊梦》的【绕池游】中丽娘叹道："剪不断，理还乱，闷无端。"此句唱词的出处是南唐后主李煜的《相见欢》："无言独上西楼，月如钩。寂寞梧桐深院锁清秋。剪不断，理还乱，是离愁。别是一般滋味在心头。"

例如，春香有云："云髻罢梳还对镜，罗衣欲换更添香。"此句不禁让人想起《全唐诗》卷二十中薛逢的《宫词》："十二楼中尽晓妆，望仙楼上望君王。锁衔金兽连环冷，水滴铜龙昼漏长。云髻罢梳还对镜，罗衣欲换更添香。遥窥正殿帘开处，袍袴宫人扫御床。"在此，汤显祖将"云髻罢梳还对镜，罗衣欲换更添香"全句保留，化用到了春香的语言里。

又如，第十二出《寻梦》的【前腔】中杜丽娘道："梦无彩凤双飞翼，心有灵犀一点通。"此则出自《全唐诗》卷二十中李商隐的诗《无题》："昨夜星辰昨夜风，画楼西畔桂堂东。身无彩凤双飞翼，心有灵犀一点通。隔座送钩春酒暖，分曹射覆蜡灯红。嗟余听鼓应官去，走马兰台类转蓬。"

再如，【品令】中杜丽娘道："待把俺玉山推倒，便日暖玉生烟。"这实际上是李商隐"锦瑟无端五十弦，一弦一柱思华年。庄生晓梦迷蝴蝶，望帝春心托杜鹃。沧海月明珠有泪，蓝田日暖玉生烟。此情可待成追忆，只是当时已惘然"这首《锦瑟》诗的一个剪影，同样出自《全唐诗》卷二十。

还如，【二犯幺令】中道："他趁这，他趁这春三月红绽雨肥天，叶儿青。偏迸着苦仁儿里撒圆。"这里的"红绽雨肥天"化用自杜子美《陪郑广文游何将军山林十首》其五："剩水沧江破，残山碣石开。绿垂风折笋，红绽雨肥梅。银甲弹筝用，金鱼换酒来。兴移无洒扫，随意坐莓苔。"

　　只改数字而意境全出的则在《惊梦》《寻梦》《闹殇》中。

　　例如，第十出《惊梦》的【皂红袍】有云："原来姹紫嫣红开遍，似这般都付与断井颓垣。良辰美景奈何天，赏心悦事谁家院？恁般景致，我老爷和奶奶再不提起。朝飞暮卷，云霞翠轩，雨丝风片，烟波画船，锦屏人忒看的这韶光贱!"这里的全句本是化用自谢灵运《拟魏太子邺中集诗八首序》中"天下良辰、美景、赏心、乐事，四者难并"一句；而"朝飞暮卷"则出自王勃的《滕王阁序》："滕王高阁临江渚，佩玉鸣鸾罢歌舞。画栋朝飞南浦云，珠帘暮卷西山雨。闲云潭影日悠悠，物换星移几度秋。阁中帝子今何在？槛外长江空自流。"汤显祖将第二句"画栋朝飞南浦云，珠帘暮卷西山雨"中的"朝飞"和"暮卷"组合起来，化用到自己的作品当中。在此，我不禁想起了张恨水先生名字的故事。张恨水原名张心远，感慨于命运的无常与岁月的更迭，先生将李煜《相见欢》："林花谢了春红，太匆匆。无奈朝来寒雨晚来风。胭脂泪，相留醉，几时重。自是人生长恨水长东"中"自是人生长恨水长东"的两个字提取出来，改名曰"恨水"。无疑，这两人一今一古，但确有异曲同工之妙。

　　例如，【好姐姐】中丽娘有叹："遍青山啼红了杜鹃，荼蘼外烟丝醉软。春香啊，牡丹虽好，他春归怎占的先。"此一句"牡丹虽好，他春归怎占的先"化用自《诚斋乐府·牡丹品》第三折"花索让牡丹先"。

　　又如，【隔尾】中春香道："开我西阁门，展我东阁床。瓶插映山紫，炉添沉水香。"此段化用自《木兰诗》："开我东阁门，坐我西阁床。当窗理云鬓，对镜贴花黄。"

　　还如，第十二出《寻梦》的【月儿高】中春香云"香饭盛来鹦鹉粒，清茶擎出小鸠斑"，化用自杜甫的《秋兴》："香稻啄余鹦鹉粒，碧梧栖老凤凰枝"和黄庭坚的《满庭芳·茶》

"纤纤捧，研膏浅乳，余缕鹧鸪斑"。

再如，【不是路】中的"何意婵娟，小立在垂垂花树边"，出自杜甫《和裴迪登蜀州东亭送客逢早梅相忆见寄》"江边一树垂垂发"，这首诗收录于《草堂诗笺》第二十五卷当中。

再如，【前腔】中的"（旦作恼介）咦，偶尔来前，道的咱偷闲学少年"，出自程颢《春日偶成》"时人不识余心乐，将谓偷闲学少年"；而"闲花傍砌如依主，娇鸟嫌笼会骂人"一句则出自《全唐诗》卷二十四中李山甫的《公子家二首》"鹦鹉嫌笼解骂人"。

还如，【江水儿】有道："佳人拾翠春亭远，侍女添香午院清。"这一句出自杜甫的《秋兴》"佳人拾翠春相问"；而【意不尽】中的"咱杜丽娘呵，少不得楼上花枝也则是照独眠"一句则化用自《全唐诗》卷五中皇甫冉的《春思》"楼上花枝笑独眠"。

还如，第二十出《闹殇》的【集贤宾】这样写道："玉杵秋空，凭谁窃药把嫦娥奉？甚西风吹梦无踪！"这样的感慨我们在李清照的词《浪淘沙》中也能找寻到前人的哀伤："帘外五更风，吹梦无踪。"再或是毛滂《七娘子》中的"西风吹梦来无迹"。同时，这一出中杜丽娘有一句这样的感叹："在眉峰，心坎里别是一般疼痛。"而李清照词《一剪梅》则有云："此情无计可消除，才下眉头，却上心头。"由此可见古人大都喜好以眉峰的颦蹙来表示内心无尽的忧愁，一如史达祖《双双燕》中的"愁损翠黛双蛾，日日花阑独凭"，柳如是《金明池》中的"忆从前，一点东风，几隔着重帘，眉儿愁苦"，陈袭善《渔家傲》中的"愁眉蹙损愁肠碎"。

还如，【尾声】中有这样一句："怕树头树底不到的五更风，和俺小坟边立断肠碑一统。"它实际上出自《全唐诗》第十一卷王建的《宫词》一百首之一："树头树底觅残红，一片西飞一片东。自是桃花贪结子，错教人恨五更风。"

毫无疑义，这些或保留整句或修改数字的诗词化用语言，对于书中人物形象的塑造以及语言表达的准确都有着至关重要的作用。

正如薛逢《宫词》中"云髻罢梳还对镜，罗衣欲换更添香"一句，原本是通过描写宫妃的着意装饰打扮，来进一步刻画她百无聊赖的心理，却将宫妃那盼望中叫人失望、失望中又怀着希望的心理状态刻画得入木三分。汤显祖在这里将原句化用过来，实际上就表明了春香在镜台取衣服给杜丽娘时杜丽娘的状态，这时候的她与薛逢笔下的宫妃那种百无聊赖、盼望而又失望的情感产生了强烈的共鸣，这个侧面描写让我们依稀窥探出杜丽娘这个时候的心理状态。

第十二出《寻梦》中对于李商隐诗句"身无彩凤双飞翼，心有灵犀一点通"的语言化用也显得尤为精妙。"身无彩凤双飞翼"表明了相思之深，恨不能长上一双翅膀飞到爱人的身边，这也恰恰吻合了杜丽娘此刻的状态，因为相知，所以相思，颇有些仓央嘉措笔下"但曾相见便相知，相见何如不见时。安得与君相决绝，免教生死作相思"的味道；"心有灵犀一点通"则是讲这种情谊中带着的浓浓的体贴，"相爱不如相知"，最大的爱意莫过于明白对方、懂得对方。在这里化用李商隐的这句诗，实际上也表达了汤显祖对于柳梦梅和杜丽娘情感的看法，他觉得杜丽娘和柳梦梅一定是心心相印、彼此懂得的。这样的爱情不仅令人感动，同时也将杜丽娘的人物形象提升到了一个新的高度。

汤显祖对李商隐《锦瑟》的化用，实际上将杜丽娘和柳梦梅的感情美化，并让其变得隐晦，更具文学色彩，更有诗意。实际上，杜丽娘在这里的动作用语言是不太好表达的，但这里的化用却将这种很难进行唯美化处理的情节变得富于美感。

【皂红袍】中对于谢灵运《拟魏太子邺中集诗八首序》诗句的化用让杜丽娘的形象一下子跃然纸上，大家可以看到游园的杜丽娘的一举一动、一言一行，而这些恰恰关乎杜丽娘的性格、出身以及社会地位。世俗束缚丽娘，想竭力把她变成一个没有自己的思想、没有属于自己的爱情、遵从于父母之命和媒妁之言管制、具有三从四德的贤妻良母。不料，在小春香的鼓舞下，她毅然走出了闺房。春色满园的美好唤醒了她作为一个少女的纯真与活力，让她内心所有的情感在游园的这一刹那爆发，于是也就有了"原来姹紫嫣红开遍，似这般都付与断井颓垣"的哀怨。这里的语言化用深化了杜丽娘的人物形象，也将对封建礼教强有力的批判付诸笔尖。

《惊梦》《寻梦》《离魂》《闹殇》中这些文辞的化用让观者仿佛亲临其境，不自觉地以杜丽娘的心绪感知着周边的一切，时而惆怅，时而迷惘，时而喜悦，时而断肠，这样极具震撼力的艺术冲击，显然给人们带来巨大的影响。

【月儿高】中对杜甫《秋兴》的语言化用，对于春香人物形象的描写也起着举足轻重的作用，我们能够从这些词句中感受到春香的活泼与纯真的本性，及至联想到"春香闹学"的反封建精神以及古代女子对于三从四德和机械呆板教化的憎恶。作为巾帼，她们在那样一个时代遭受了太多的不公与冷眼，她们没有权利追求自己的爱情与幸福，她们身处囹圄闺房，没有自由、快乐，命运对于这样一群女子来说，显得如此刻薄与吝啬，但她们从未放弃过对于理想生活的追求。这些我们从她们的唱词以及行动中都可以感知出来，实在是难能可贵。

【集贤宾】中化用自李清照《一剪梅》的诗句"此情无计可消除，才下眉头，却上心头"，则为丽娘增色不少。世事又岂是以人的本身意志作为转移的呢？这一句的感慨将那种深入骨子里的凄厉与惆怅表达了出来，我们似乎看到丽娘这样一个奇女子内心深处的痛苦与快乐，她只是一个敢爱敢恨的普通人，她也有普通人对于迷茫未来的感伤。这样雕琢出来的人物形象才会更贴近生活，更真实，更具冲击力。

显然，人的感情是共同而且极具感染力的。正因为如此，中国古代文人骚客历经风霜洗礼的孤独与寂寞，在数百年后才能重新被传递、被感知；正因为如此，《全唐诗》里对于种种离愁别绪的描写在对于杜丽娘以及柳梦梅的刻画中仍然行得通。这想必也是有着古老历史的中国文字抑或是中国文学的最深远魅力所在吧！

设想，如果《牡丹亭》没有依托于数千年来中国最精英的一批知识分子共同的智慧，它现在也许就不会那么让人感动与震撼，它现在的影响也许就不会那么亘古流深。故而，我们从《牡丹亭》中不仅可以看到作者汤显祖博古通今的智慧与气度，同时也能品味出他少年的努力与对于文学的谦卑，这一点实在是值得世人尊敬与学习。

语言的化用，实际上是中国古代文学运用得最为出神入化的智慧，它对于古典文学的传承以及现代文学的推广，都起着至关重要的作用。可以说，《牡丹亭》的《惊梦》《寻梦》《离魂》《闹殇》等是语言化用艺术手法运用到极致的范例。

读罢《牡丹亭》，不免对汤显祖敬佩至极。也难怪作为东方戏剧家的代表，他能够与西方文坛巨匠莎士比亚平分秋色、难决高下，仅仅从他语言中所运用的各种典故以及化用的各种诗词来说，就已经是精妙绝伦，更不用说他笔下至真至诚的情感和那一位感天动地的奇女子惊天地泣鬼神的爱情故事了。

对于剧中人物来说，正是剧作家妙笔生花的语言赋予了他们以生命，使得他们的情感能够与读者的情感产生强烈的共

鸣，而这些也恰恰是汤显祖化用各种唐诗宋词达到其艺术效果
的最好见证。咀嚼这一部作品，就仿佛置身于文学的海洋，人
们会看到衣襟飘然、茕茕孑立的汤显祖是如何看穿人生百态，
将对于情感所有的感悟付诸笔端；人们还会看到一个洞穿人
性、满脸沧桑的汤显祖是如何用那掷地有声的文字窥视人们的
心扉，释放人们的情感。是的，语言化用让情感的交流成为可
能，也将一代代文人墨客心中共同的哀伤展现在读者面前，
"只改数字而意境全出"真正可以作为汤显祖《牡丹亭》中运
用语言化用这一艺术手法的总结。我想，之所以汤显祖能够在
文学史上取得举足轻重的地位，与他能信手拈来地将文学巨匠
的诗词化为己用是分不开的。如果没有对于中国古代传统文化
的深刻见解和"熟读唐诗三百首"的强有力支持，那么，穿
越时空、影响中国几代人的审美观和艺术观也就成了纸上
谈兵。

　　当然，《牡丹亭》的成功虽然显示出了化用这一文学艺术
手段在文学创作中举足轻重的地位，但今人仍然可以继续研
究、挖掘和探索，与时俱进的自然哲理同样作用于文学艺术。

第三编

剧

本

一笑泯恩仇（北京曲剧）

指导老师：胡叠

人物表

叶仲三（叶府老爷）
叶恒生（叶仲三之妻华夫人之子）
叶咏生（叶仲三之妾邢夫人之子）
流苏
和珅
乾隆（爱新觉罗·弘历）
叶府管家
叶府仆人
如烟阁掌柜
小孩甲、乙、丙

第一场　叶府当家

【叶府。
【八仙桌一张、官帽椅若干。
【幕后唱：

　　　　京城一绝鼻烟壶，
　　　　叶氏内画别家无。
　　　　老来忧心传家业，

但愿绝技不作古。

【叶仲三、管家上。

管　家　（搀扶）老爷，小心了。

叶仲三　府中近来变故甚多，仲三老矣。这把骨头，且不
　　　　知还能撑得下多久！唉，可这叶府数十年来之基
　　　　业着实让我放心不下！

管　家　这几日您身体欠安，夫人之事您也莫太过自责。
　　　　不过这叶府大当家的位置也是时候尘埃落定了。

叶仲三　说到此事我如鲠在喉，却也不得不提了。管家，
　　　　把大少爷二少爷二人都唤来。

管　家　是，老爷。

【管家下场。

叶仲三　（唱）叶府近来事不断，
　　　　　　　　风波过后有险关。
　　　　　　　　老朽子立身萧然，
　　　　　　　　夜来无寐月光寒。
　　　　　　　　独门绝技怎外传，
　　　　　　　　二子挑一应不难。
　　　　　　　　只盼光复祖先业，
　　　　　　　　死死生生亦无憾。

【叶恒生上场，叶咏生上场，二人在门口互见。

叶恒生　爹爹此番急召也不知所为何事。

叶咏生　所为何事？哼，你理应比我明了。

叶恒生　弟弟何出此言？

叶咏生　叶家长子，爹爹心头之肉。难不成爹爹还未偷偷
　　　　告诉你，今日所为何事？

叶恒生　咏生，爹爹心头之肉远不止我一人。你我俱是他
　　　　心头骨肉，他决计不会偏爱我一人。

叶咏生　好一个决计不会偏爱你一人，哼！（大步进门）

叶恒生　咏生！（欲追）

叶仲三　咏生恒生，进来！

【叶咏生走到叶仲三身旁，叶恒生进屋。

叶仲三　（轻咳数声）坐吧。这几日家中变故甚多，为父有些话要对你们兄弟言讲！

【叶恒生和叶咏生分别走到两侧的椅子旁坐下。

叶仲三　咏生啊，你母亲之事实属偶然，哎，为父我也未曾料到会有这样的结果。咏生，对不住了。

叶咏生　（冷冷地）父亲只一句对不住，就能化解我心中之痛楚吗？

叶仲三　为父何曾没有伤痛，为父的伤心何曾不及你厉害？（痛苦状）咏生，造化弄人啊！

叶咏生　好一个造化弄人，分明是逃避责任。

叶恒生　咏生，不得口出狂言，孝道为重，不孝有三啊！

叶咏生　孝道？娘逝矣，何人供我来孝？

叶仲三　罢了，罢了，是我对不住她！（哽咽）

叶恒生　爹爹您终日操劳，这本不是因您而起，还请您节哀顺变！

【叶咏生愤怒地看了叶恒生一眼。

叶咏生　假模假样。

叶恒生　咏生不得无礼！

叶咏生　哼！

叶仲三　（长袖一挥）罢了，罢了，此事到此为止，休得再提。（长叹一口气）

叶仲三　今日唤你们前来是有要事相商。叶府素来以内画鼻烟壶而闻名天下，今日起我就要将此法传予你们二人，能承继此法并能将之发扬光大者，就是我叶府公认之大当家。你们二人明白否？

【叶咏生大惊，看着叶恒生冷笑几声。

叶咏生　明白，爹爹！（背身语）万万没曾言想我竟也有
　　　　这个机会！

　　　　（唱）听闻父亲言语罢，

　　　　　　　　心中希望悄然发。

　　　　　　　　立志发奋厅堂下，

　　　　　　　　雪耻勇夺大当家。

叶恒生　是，爹。我们兄弟二人定会将这绝技发扬光大。
　　　　（伸出手准备和叶咏生击掌）

叶咏生　（推开叶恒生的手）咏生定不辱爹爹使命。

叶仲三　有你们这番言语为父倍觉欣慰。愿你们二人精诚
　　　　合作，让我叶家之技艺后世流芳。

叶恒生　是，爹爹。我们二人定当不辱使命。

叶咏生　爹，咏生定当全力以赴。

叶恒生　（唱）兄弟一脉情意长，

　　　　　　　　叶家万事好商量。

　　　　　　　　强强联手把艺学，

　　　　　　　　发扬光大有指望。

　　　　　　　　慈父放心来休养，

　　　　　　　　咏生恒生来担当。

　　　　常言道，自古虎父无犬子，兄弟俩定叫这叶氏绝
　　　　技大名扬！

叶咏生　（唱）眼前全似梦一场，

　　　　　　　　渺然希望竟成双。

　　　　　　　　愿能报得三春晖，

　　　　　　　　慈母手中线难忘。

叶仲三　（唱）养儿艰辛终得报，

　　　　　百感交集在心肠。

　　　　　叶氏家业有指望。

　　　　　世代传承得久长。

　　唉，我年少也曾向你们的爷爷许下承诺。可惜我虽也继承了这庞大家业，但夜光鼻烟壶的技艺，却终是失传了。

叶咏生　哦？夜光鼻烟壶？却不知那又是怎样的宝贝！

叶仲三　叶家现藏有一枚祖上传下之夜光鼻烟壶，乃叶府镇宅之宝。此物一到夜晚便放射出万丈光彩，能将整间屋子通体照亮，就似独一无二之夜明珠一般。你们爷爷走得突兀，这制壶之法也被他带走了。这一枚夜光鼻烟壶便成了世间绝无仅有的孤品。

叶咏生　爷爷去世之时，可曾提及这夜光鼻烟壶发光之缘由？

叶仲三　我曾问及此事，不想父亲他竟说了一句佛语后便归天了。他一向清醒，不知要走的那一刻怎生犯了糊涂。

叶恒生　这，实在是令人费解。

叶咏生　甚是奇怪！

叶仲三　正是，世间之事总有难解之奇啊。

叶咏生　爷爷可是佛家信徒？

叶仲三　未曾皈依，却也爱去佛家之所祭拜。

叶恒生　难解矣。

叶仲三　此事我也未曾得到答案，不过你们二人能得到内画鼻烟壶的真传，也可算得上是弥补了这个遗憾。

叶咏生　但愿如此。

【叶仲三下场。

叶恒生　恭送爹爹。

叶咏生　别过爹爹。

【叶咏生拍拍衣袖，转身准备走。

【叶恒生追上。

叶恒生　咏生，等我一下。

叶咏生　我还有要事，先告辞。

【叶咏生下场。

叶恒生　咏生，咏生，唉！（下）

第二场　鸿鹄之志

【叶府后花园。

【叶咏生上场。

叶咏生　可叹人情冷暖、世态炎凉。身在叶府二十余载，
　　　　　竟全如寄人篱下一般悲苦，一切只因爹爹偏心。
　　　　　（哭泣）现下，最疼爱我的娘竟也因爹爹而撒手
　　　　　人寰了，娘啊，娘！

【叶咏生慢慢抽泣着睡着。

【场灯暗，叶咏生下场。

【场灯亮。

【少年叶咏生、叶恒生还有众小孩上场。

叶咏生　如此良辰美景，我们来蹴鞠可好？

叶恒生和众人　甚好！

【众人开始蹴鞠。

【叶府仆人上场。

仆　人　大少爷，大少爷，夫人遣我接您回府，看您这满
　　　　　脸泥灰！（伸袖欲擦）

叶恒生　此局未完，不回！

仆　人　大少爷又该让夫人担忧了，这般任性，让当家的知道了可如何是好？

叶恒生　罢了，罢了，我跟你回去便是。咏生呢？（四处张望，突然看到叶咏生）

叶恒生　咏生，快过来。（众人闻讯停下蹴鞠，向叶恒生围拢）

叶咏生　哥，找我何事？

仆　人　唉哟，大少爷！您说您怎么把二少爷也喊过来了呢？

叶恒生　不是叫我们二人回府吗？

仆　人　夫人遣我来接大少爷回府。您才是大少爷啊！快走吧大少爷！（拽叶恒生下台）

【叶咏生无助呆立。

【众人议论。

小孩甲　这大少爷、二少爷怎生如此不同？

小孩乙　大少爷可真不好当，蹴鞠都不让。

小孩丙　大少爷不是重点保护对象吗？

小孩乙　那老二怎生就不用保护了？

小孩丙　也保护，这规格不同罢了。

小孩乙　却又为何呢？

小孩丙　这大少爷可是要继承家业的。

小孩乙　原来如此。

小孩甲　那二少爷呢？

【叶咏生愤怒地转身就走。

【场灯暗。

【众人下场。

【场灯亮。

【叶仲三、王员外上场。

【叶仲三与王员外正在交谈,仆人上场。

仆　人　老爷,邢夫人哮喘发作,此番似是分外严重,是
　　　　否要请大夫看看?

叶仲三　何须大惊小怪,不过旧疾复发,吩咐厨房做一碗
　　　　川贝梨子羹送去便可。

仆　人　可,可……此次似乎不同寻常啊!

叶仲三　休得多言,去吧。

仆　人　是,老爷。

【场灯暗。

【场灯亮。

【仆人跑着上场。

仆　人　老爷,老爷,不好啦!

叶仲三　贵客在此,怎么如此没有规矩?!

仆　人　邢夫人她她她怕是要不行了!

叶仲三　什么?!

【场灯暗。

【场灯亮。

【邢夫人上场。

邢夫人　（唱）无端病死好苍凉,
　　　　　　　　栖身叶府把心伤。
　　　　　　　　身为妾室悲难言,
　　　　　　　　十载无奈怎思量。
　　　　　　　　如今魂随东风去,
　　　　　　　　留下孤儿苦难当,
　　　　　　　　夜夜悲苦思亲娘。

　　　　儿啊,你可知娘思你念你? 只可惜今生缘分难久
　　　　长,下辈子你为子来我为娘。但愿得孩儿快成

长，叶府得志把权掌。从此不受人欺压，扬眉吐
气慰亲娘。

【场灯暗。
【场灯亮。
【叶府花园布景。
【叶咏生从梦中惊醒。

叶咏生 啊呀呀，竟是一场梦。可梦里之景竟如此让人伤
情！我娘字字句句敲击我心。娘啊娘，我都记住
了，来日定会扬眉吐气，告慰亲娘。

【幕后唱：

叶府争夺大当家，
心中怨念悄萌芽。
满园春色皆不见，
唯有留下蔷薇花。
花开花落又谁家，
空留残叶满枝丫。
失母留儿独奋发，
叶府立志夺当家。

第三场　兄弟恩仇

【叶府。
【两桌两椅分列两旁，官帽椅在中央。
【叶仲三、叶恒生、叶咏生上场，管家随后。

叶仲三 你们听好了。

（唱）内画烟壶有讲究，
笔笔不同乃为优。
熟读诗书三百卷，

　　　　　　　　书法反画不能丢。

　　　　　　　　运筹帷幄风出袖，

　　　　　　　　群山万物出巧手。

　　　　　　　　朱砂石青一汇聚，

　　　　　　　　色泽巧变不用愁。

　　　　　　　　巧夺天工需奋斗，

　　　　　　　　一品好壶在苦工。

叶恒生　谨记父亲教诲。

叶咏生　这制壶可有简单易行之法？

叶仲三　吾儿可知，为何叶氏鼻烟壶深受藏家喜爱？

叶咏生　这？

叶仲三　内画鼻烟之功，非五载十载难成。造者苦学技艺，将毕生智慧付诸笔尖，乃成一壶。此壶因造者造诣不同而千形百态，百无一重，故备受追捧。

叶咏生　孩儿明了。

叶恒生　原来如此。孩儿定当刻苦勤学，传承我叶家博大技艺。

叶仲三　（轻抚胡须）孺子可教也。还有一条家规，我须得向你们言讲。

叶恒生　爹爹请讲。

叶仲三　叶家子孙不得擅入官场，违者不得承继大业。

叶恒生　这是为何？

叶仲三　（唱）先太公中科举官拜翰林，

　　　　　　　　却只因秉直言遭人嫉恨。

　　　　　　　　叹圣上信谗言怒杀忠臣，

　　　　　　　　因此上先太祖惨死午门。

　　　　　　　　自此后这家规写入祠堂，

　　　　　　子孙们需谨记以壶为生。

叶咏生　这规矩不通人情。何以祖太公不懂为官之道，我
　　　　叶家子孙后代便不得为官！

叶仲三　孽障，何出此言？祖太公当年鱼跃龙门、蟾宫折
　　　　桂，这般才干岂是我等能及？一代忠臣鞠躬尽
　　　　瘁、忧国忧民，却落得如此下场。悲乎哉！官场
　　　　自来如战场，颠倒是非善恶。这家规是在保护尔
　　　　等免受权斗之苦啊！（咳嗽）

叶恒生　爹爹息怒，爹爹息怒！（上前搀扶）

叶咏生　孩儿受教了。（傲然状）

【管家扶着叶仲三叹气下场。

叶咏生　（唱）灵活变通是智者，
　　　　　　　　纵横官场是本事。
　　　　　　　　正义邪恶乃人定，
　　　　　　　　是非真假怎能知。

叶恒生　此言差矣。祖太公论才智居于你我之上，定然深
　　　　谙官场之道。他都难保官场之位，更何况你我二
　　　　人呢？再者，权势在手也需谨言慎行，多行善
　　　　举。伴君如伴虎，独揽万千之忧愁。

叶咏生　官衔在手，举国上下无不惧我。权势在心，施展
　　　　抱负从来成竹在胸，何忧之有？

叶恒生　咏生，可不能忘却祖太公因何而死啊！

叶咏生　大丈夫能屈能伸，摧眉折腰虽非长远之道，蚂蚁
　　　　上树乃是志士之谋。祖太公过于腐朽，不知变
　　　　通。走至那一步也是咎由自取，怨不得旁人。

叶恒生　你，你怎么如此侮辱先人？

叶咏生　你又有何资格责骂于我，哼！（大怒下场）

叶恒生　（唱）心急言语出差错，

转关儿怎奈没了定夺。
只怕弟弟入了心魔，
争名逐利忘却叶家香火。
莫说，莫说，一出口即是错。
罢了，罢了，
如烟阁听曲来独酌，
烦愁苦闷抛却看舞婆娑。

【场灯暗。

第四场　情场纠葛

【叶恒生坐在台下左边靠前桌，叶咏生坐在台下右边靠后桌。
【流苏端坐，古筝放在前面的方案上。

流　苏　（唱）击鼓其镗，踊跃用兵。
　　　　　　土国城漕，我独南行。
　　　　　　从孙子仲，平陈与宋。
　　　　　　不我以归，忧心有忡。
　　　　　　爰居爰处？爰丧其马？
　　　　　　于以求之？于林之下。
　　　　　　死生契阔，与子成说。
　　　　　　执子之手，与子偕老。
　　　　　　于嗟阔兮，不我活兮。
　　　　　　于嗟洵兮，不我信兮。

叶咏生　（唱）明眸皓齿世无双。
叶恒生　（唱）闭月羞花思无量。
叶咏生　（唱）万丈深情谁言讲。
叶恒生　（唱）眼波流转在谁墙。

叶咏生　（唱）眼乱心忙意慌张。

叶恒生　（唱）万丈波澜心底藏。

叶咏生　待我问得芳名，久记于心。

叶恒生　待我问得芳龄，暗寄深情。

【叶咏生和叶恒生同时从不同的位置起身走向流苏。

叶咏生　姑娘，敢问芳名！

叶恒生　姑娘，敢问芳龄！（同时）

【二人撞上同时大吃一惊。

叶咏生　怎生是你！

叶恒生　怎生是你！

叶咏生　你怎会在此？

叶恒生　你又缘何来此？

流　苏　（嫣然一笑）二位公子乃是故知？

叶恒生　姑娘见笑，此乃吾弟。在下叶恒生，敢问姑娘芳龄。

叶咏生　在下叶咏生，敢问姑娘芳名。

流　苏　也不枉兄弟二人情深，言语竟也如此这般相似。

【叶恒生叶咏生对视，尴尬一笑。

流　苏　我名流苏，扬州人，年方十六。前年因扬州涨潮随父搬来京城，自此便在如烟阁住下了。

叶恒生　姑娘之琴音让人心旷神怡，忘却心中烦忧。能在京城得以耳闻实乃在下之荣幸。

叶咏生　这琴声有如高山流水一般浑然天成，应当也有伯牙子期般动人的故事隐藏其中吧！可叹相识满天下，知音能几人啊！也难怪司马公有"士为知己者死，女为悦己者容"之感慨！

流　苏　这，说来甚是怪哉，公子怎知这琴中之就里？

叶咏生　古琴乃为抒怀之器，这琴声实则道出了姑娘欲说却未曾说出口之言。

流　苏　公子真乃懂琴之人。

叶咏生　流苏姑娘过奖了。

【背后传来如烟阁掌柜的喊声。

掌　柜　流苏姑娘，流苏姑娘。

【流苏匆匆别过叶恒生和叶咏生。

流　苏　聚散终有时，我该走了。二位公子后会有期。

叶恒生　流苏姑娘慢走。

叶咏生　姑娘，慢着，姑娘可是每日此时来此弹唱？

流　苏　正是。如若公子得闲，可来听我抚琴。难得
　　　　知音。

【流苏下台。

叶恒生　难得知音？

叶咏生　哥，你为何在此？

【叶恒生在想事情，没听见。

叶咏生　哥！

叶恒生　是，是。我来此处听曲喝茶，你缘何也在此
　　　　处啊？

【叶恒生一脸慌乱，拿袖子拂脸。

叶咏生　你呀，你呀！（手指叶恒生）

叶恒生　你我一道回府吧！

叶咏生　我还有要事要办，你先行回去吧！

【叶恒生下场，叶咏生等他下场后下场。

【场灯暗。

【场灯亮。

掌　柜　流苏姑娘啊，这叶府的二少爷可是每日都来听您
　　　　弹奏啊！

流　苏　是啊！现如今如此坚定之人实属难得！

掌　柜　哟！姑娘，莫不是您对这位二少爷……

（流苏伸袖一打，然后用袖子掩面）

【流苏下场。

掌　柜　怎骗得过我这老江湖之眼？

第五场　叶府奇珍

【叶府叶仲三的房间。

管　家　大少爷，二少爷。快快进来吧！老爷一早起来身
　　　　体倍感不适，大夫也束手无策。

【叶仲三躺在床上，虚弱地喘气。

叶仲三　管家，门外候着吧！

【管家下场。

叶仲三　儿啊，为父恐时日无多矣。叶家绝技你们二人都
　　　　已学成，为父也无憾事。只是这传家宝一事为父
　　　　甚是挂念，夜光鼻烟壶乃藏于藏书阁画作之后，
　　　　望你们二人能保守秘密，将这传家宝世代相传。

叶咏生　爹！

叶恒生　爹，一定会的！

叶仲三　你们二人可还记得我曾言讲的大当家一事？

叶咏生　记得，爹！

叶恒生　未曾忘记！

叶仲三　甚好。我，我已经将恒生的名字写入帖中，呈于
　　　　祠堂之上，告与先祖知晓。恒生，从今日起你为
　　　　我叶府大当家。叶府，叶府便交给你了！（叶仲
　　　　三死去）

叶恒生　爹爹，爹爹！（悲恸地跪下）爹啊！

【管家进。

管　家　（上前看）老爷，老爷升天了！（跪下哭）

叶咏生　爹！你醒醒，你醒醒啊！为何如此对我，你竟到死都还不忘偏心！

管　家　二少爷，老爷刚刚驾鹤西去，有什么话，来日再说不迟。

叶恒生　爹啊！

叶咏生　哼，万千努力皆无果，真是愧对我娘！爹，你自小偏心哥哥也就罢了，竟至死也不给我公道。（管家拉他，他勉强跪下）

【场灯暗。

【叶恒生、叶咏生、管家下场。

【场灯亮。

【流苏上场。

流　苏　咏生这几日竟难觅踪影。

【掌柜匆忙上场。

掌　柜　流苏姑娘，叶府出大事了！

流　苏　何事？

掌　柜　叶老爷作古，叶老爷临终之前将叶府当家之位传给了大少爷。大少爷此时万分悲痛，无心打理府中内务。叶老爷的丧事在即，府内此时上上下下可算是乱得打紧！

流　苏　叶府出了此般大事，我定要去看看他们。这咏生也不知道如何了。

【流苏下场。

【掌柜追赶下场。

掌　柜　流苏姑娘，慢着、慢着！

【场灯暗。

【场灯亮，叶恒生、叶咏生左右两边跪在叶仲三灵堂。

【管家上场，四周环顾一周后走向叶恒生。

管　家　（在叶恒生耳边说）大当家的，流苏姑娘来找
　　　　你和二少爷。

叶恒生　这？叶府戴孝，她来做甚？惊扰了父亲灵堂，却
　　　　是不好。

管　家　那见是不见？

叶恒生　也罢，我去见见她。

【叶恒生下场。

【叶咏生为之一惊。

叶咏生　管家、管家！如此紧要关头，恒生往哪里走？

管　家　流苏姑娘在门外候着。

【叶咏生大惊状。

叶咏生　啊！

　　　　（唱）想不到平日里百般孝敬，
　　　　　　　恒生他竟然是寡义之人。
　　　　　　　父亲灵堂泪未干，
　　　　　　　会红颜他哪管重孝还在身。
　　　　　　　流苏啊流苏，
　　　　　　　平日里你与我眉眼含情，
　　　　　　　想不到与大哥竟也有私情。
　　　　　　　到叶府见的是大当家，
　　　　　　　心里面哪有我叶咏生。
　　　　　　　到今日不由我暗自伤悲，
　　　　　　　既失势又失意剧痛在心。
　　　　　　　母亲之言犹在耳，
　　　　　　　何去何从暗思忖。
　　　　　若论制壶工艺，恒生实难居我之上。可叹我此般
　　　　　勤练，却落得个如此下场。再看流苏姑娘，此刻

竟与他私会南墙，令我好不神伤。哥哥自小便比
我荣光，红锦为被紫檀做床。此时他感情事业两
风光，剩下我这等苦命的儿郎。我只得和府献宝
把权当，也许获取权势就是这治愈苦闷的良方。

【叶咏生站了起来，转身往外走。

管　　家　二少爷，你不在灵堂守灵，这是要去哪里？

叶咏生　守灵之事，请大当家一力担承吧，这叶府，没有
　　　　我二少爷。

【管家拦不住叶咏生，无奈地追随他而去。

第六场　弥天大错

【和府。

【和珅端坐书房。

【叶咏生上场。

叶咏生　和大人！我可有一件宝贝献上。

和　　珅　哦，有何宝贝？

叶咏生　这是我祖上传下之物。至我爹爹一辈，技艺便已
　　　　失传。这枚鼻烟壶也就成为独一无二之孤品。

【叶咏生拿出兜里的盒子，小心翼翼把盒子打开，拿出鼻
烟壶给和珅看。

和　　珅　葡萄美酒夜光杯，欲饮琵琶马上催。
　　　　醉卧沙场君莫笑，古来征战几人回？
　　　　这画倒是画得颇有韵味，字也有如蝇头般细腻，
　　　　真可谓壶中珍品！

叶咏生　烦请大人将蜡烛熄灭。

【和珅吹灭蜡烛。

【鼻烟壶熠熠生辉。

和　珅　（大笑拍掌）好壶，好壶啊！

叶咏生　特此进献和大人，烦请大人笑纳。

和　珅　和某实在甚喜甚爱。数十年间，和某一直寻找似这般的奇珍而未果。叶公子今日竟亲手送上，真真感激之至也。此物我便笑纳了，只是也不好让叶公子空手而归啊！

叶咏生　大人也知叶府大当家之位父亲偏心才传给我哥。我只求大人在朝中赏我个官来做做。

和　珅　何难之有！

【和珅抚须大笑。

【叶咏生与和珅相视而笑。

和　珅　既在叶公子之手和某得此传世奇珍，和某定当助叶公子一臂之力。

叶咏生　谢大人。

和　珅　何须言谢。要说当官也是极易，公子需与我唱上那么一出戏。

叶咏生　听候大人差遣。

【和珅对叶咏生耳语。

【场灯暗。

【暗场。

【幕后：

乾　隆　和爱卿好一双慧眼啊！此等人才世间少有，如若不为朝廷所用乃我朝憾事！来人啊，传旨。封叶咏生顺天府府尹，官拜当朝三品。上顶戴花翎！

叶咏生　臣叶咏生领旨谢恩，万岁万岁万万岁。

太　监　退朝。

【灯光亮。

【和珅与叶咏生相视而笑。

和　珅　叶大人这戏可演得不错!

叶咏生　可还多亏了和大人啊!

和　珅　还是因为叶大人深谙做官之道啊!（大笑）

叶咏生　哈哈哈哈!

【场灯暗。

【场灯亮。

【叶府。

【叶咏生上场。

叶咏生　此番定是把名扬,待我回府来庆贺。（叩门）

叶咏生　管家,快快将门打开。

管　家　来了,来了。（开门）

管　家　原来是二少爷啊。

叶咏生　大胆!本官乃当朝三品大员,顺天府府尹。还不快叫大人。

管　家　咏生少爷,别作乐罢。传家宝遗失,全府上下皆寻着呢!大当家的正盼你归来,与他共商对策。

叶咏生　不必寻罢,我赠予和珅和大人了。此中原委我这番便与他道来。

管　家　咏生少爷,您好不糊涂啊!此乃叶家传家之宝,怎可轻易赠予旁人?

叶咏生　我何时糊涂,一枚小壶换我三品顶戴花翎,何乐而不为也?

管　家　唉……（长叹一声）

【管家下场。

【叶恒生上场。

叶恒生　咏生,你可来了。传家之宝竟不见踪影,我料想应是那贼人偷了出去,可不知何故这贼人未曾留下半点蛛丝马迹。你来得正是时候,下人寻之未果，你我同去报官。

叶咏生　不用再寻，壶在我手。

叶恒生　在你手中？那可真是再好不过。宝贝现在何处？

叶咏生　我已赠予和珅和大人。

叶恒生　什么？父亲临终嘱托难道你都忘之脑后吗？

叶咏生　似他这等至死都不忘偏心之人，他的言语，我又因何要听？

叶恒生　弟弟，你误会他了罢。爹爹从未偏袒于我，如若你是对当家之位一事耿耿于怀，我大可以将这当家之位让给你。还有流苏姑娘之事我想对你言讲。

叶咏生　此时我已是朝廷三品大员，这当家之位于我说来，又有何用？这令我伤心之事，你也休得再提。

叶恒生　罢了，不提此事。可是这传家宝你不能赠予和珅。

叶咏生　这又是为何？这叶家祖业可全由你，这传家之宝我欲赠给谁人却由不得你。

叶恒生　父亲遗愿不可违背，你需得把这宝贝弄回！

叶咏生　休想！

叶恒生　你！你……我叶家怎生出了你这般不肖子孙！

叶咏生　我堂堂朝朝三品大员，由不得你来教训！从此你我二人恩断义绝，再无瓜葛！

叶恒生　你……你……（长叹一声）

【叶恒生拂袖而去。

【场灯暗。

【叶咏生下场。

【幕后唱：

改朝纲，换时代。

年号变，嘉庆来。

和府抄，宠臣改。

抓余党，行动快。

一朝盛，一朝衰。

王更迭，民来载。

前时胜，今朝败。

官场风云多变幻，多少宠臣哀，鬼门关前自
徘徊。

【场灯亮。

【叶府。

管　家　当家的，当家的，不好啦！官兵来抓人啦！

叶恒生　我叶家清清白白，向来遵纪守法，何罪之有？莫
慌，莫慌。

管　家　京城上下现下传得沸沸扬扬。都言咏生、和珅串
通一气，扰乱朝纲。叶府的传家之宝夜光鼻烟壶
在官兵查抄和府之时被发现。现今皇上处死和
珅，咏生难免受到牵连。

叶恒生　这传家宝弟弟赠予和珅，我心中对他甚是不满。
可是兄弟情深，不救他于水火之中焉能有理。这
可如何是好啊？

叶恒生　倘若今日让他逃离叶府，势必会给叶家上下带来
灭门之祸。

管　家　如若咏生逃走，圣上定当龙颜大怒。那时我叶家
便真的难辞其咎了！

叶恒生　管家，咏生可知此事？

管　家　他尚且不知。他和和珅二人向来亲近，此时和珅
被杀，他也应当猜到一二了罢。

叶恒生　这，这便如何是好呀？！

（唱）叶府一脉少子嗣，

此时只余兄与弟。

爹爹临终殷勤告，

弟兄相亲多和气。

承继家业有指望，

开枝散叶为大吉。

到今日祸临家门无他计，

恒生我愿以兄代弟，

但愿能为他把灾祸避。

管家，此刻起，我便是叶咏生，而咏生他，他乃是叶府大当家叶恒生。以后若他问起，你不必隐瞒，皆一五一十告知于他。愿此次大难能消除我们兄弟二人之芥蒂。弟弟自小聪颖，叶家交到他手里我实属放心。

管　家　大当家，这……

叶恒生　别说了，我意已决。

管　家　是。

【叶恒生、管家下场。

第七场　冰释前嫌

【叶府。

【叶咏生上，徘徊。

叶咏生　（唱）想不到今日得把心愿偿，

心中百味费思量。

恒生替我入牢狱，

锁扣为伴铁做墙。

我却安坐厅堂把权掌。

叶府当家好风光，

细思细想愧难当，

我怎能眼见得兄长为我挡风浪。

咏生今日如梦醒，

往日纠缠离心上。

种种心结由心起，

执念消除心欢畅。

从此后叶府兄弟心意同，

携手并肩往前闯。

是了，一切皆因这夜光鼻烟壶而起。倘若我能想法造出那夜光鼻烟壶，和珅府上之物便放风说是他南巡买得之赝品，岂不是恰好灭了官商勾结之铁证？和珅死无对证，一切全无踪迹。只是，只是这绝技已然失传，如何是好啊！有了，还得请管家助我一臂之力。

叶咏生 管家！管家！

【管家幕后应声。

管　家 来啦！

【管家上场。

管　家 当家的可有吩咐？

叶咏生 我有一法可救大哥，只是不知能成与否。还得请管家助我。

管　家 （迟疑地）当家的，这？

叶咏生 （笑）你担心我害大哥？

管　家 小人不敢。

叶咏生 管家你放心，这个叶家是大哥的，也是我的，我一定会救出大哥，把这个大当家的位置，还给他。

管　家　（惊喜）果真如此，真是太好了，老爷在天有
　　　　灵，一定十分欣慰。当家的，您说！

叶咏生　第一步乃是重新制得夜光鼻烟壶。

管　家　可是这失传手艺何从下手？

叶咏生　此乃我需管家助我之处。你可还记得爷爷去世之
　　　　时所言佛语？

管　家　实无众生得灭度者。

叶咏生　此《金刚经》第三品之言也！

叶咏生　何时所说？

管　家　似是老爷提及夜光鼻烟壶技艺之后。

叶咏生　原来如此。谢管家，你先下去吧。

【管家退下，叶咏生开始陷入沉思。

【光线由明变暗，再由暗变明。

【管家端茶送水上。

管　家　当家的关在房内，已经是第二天了，不吃不喝
　　　　的，唉，真让人担心。（把食盒放在地上）

叶咏生　实无众生得灭度者。（忽然福至心灵，兴奋地）
　　　　爷爷的用意，我似是猜到了三分。

【叶咏生推门而出。

管　家　当家的，您想到了？

【叶咏生摇头，径直走。

管　家　您去哪儿呀？

叶咏生　藏书阁。

管　家　藏书阁？

叶咏生　藏书阁之中我曾见过《金刚经》，这《金刚经》
　　　　第三品中可能有蹊跷。成败与否，在此一举。

【叶咏生、管家下场。

【幕后唱：

　　　　　　藏书阁里来摸索，
　　　　　　夜光秘籍佛书躲。
　　　　　　夜以继日急如火，
　　　　　　重归情义抵功过。
　　　　　　冰释前嫌自因果，
　　　　　　兄弟情深无对错。
　　　　　　只愿叶府长安定，
　　　　　　两只雏鸟院中落。

【场灯暗。

【场灯亮。

【叶恒生上场。

叶恒生　　（唱）鬼门关前走一遭，
　　　　　　　　　狱中多少犯人嚎。
　　　　　　　　　生死之间来参悟，
　　　　　　　　　理因顿悟放屠刀。
　　　　　　　　　功名利禄如虚幻，
　　　　　　　　　生命面前皆可抛。
　　　　　　　　　浮生日短人难觅，
　　　　　　　　　怜取至亲乃一要。
　　　　　　　　　如烟阁里观缥缈，
　　　　　　　　　行云寺中看云霄。
　　　　　　　　　平平淡淡甚是好，
　　　　　　　　　何苦赶路赴远遥。

【叶咏生上场。

【兄弟二人见面。

【叶咏生一见叶恒生，扑通跪下。叶恒生赶紧搀扶他起来。

叶恒生　　二弟，我还未曾拜谢你救命之恩呢，你这是做什么？

叶咏生　大哥！（流泪）我犯下大错，承蒙哥哥舍命相救，弟弟感激不尽。此番才发现一切怨妒愤恨皆因在意之念而起，又因在意之念而终。然哥哥不计咏生犯下之种种过错，替咏生顶罪。咏生闻之实属惭愧。从今往后，有得以差遣咏生之处，哥哥吩咐便是。

叶恒生　生死走一遭，我心中顾念的乃是你我手足之情。从前的事情莫去提它，过去的就让它过去也罢。从今日起，你便是叶府大当家，叶府大小事务由你掌管。我心意已决，你就让我好好享享清闲罢。

叶咏生　可是……

叶恒生　罢了，此事就此止住，还有一事我想与你言讲。流苏姑娘曾来府上找过你我二人。当时正值爹爹过世，灵堂需留下一名叶家子嗣，我便出门与她相见。可怎知，此间言语竟只关乎你一人。流苏姑娘对你用情颇深啊！

叶咏生　我？

叶恒生　正是，她道是高山流水遇知音。

叶咏生　咏生实感惭愧。此间你我二人误会种种，皆是弟弟一人之过。你我二人从此言归于好，冰释前嫌如何？

叶恒生　一言为定！

叶咏生　一言为定！

【二人击掌为誓。

【幕后唱：

　　相逢一笑恩仇泯，

血浓于水是至亲。
相扶相助相依傍，
兄弟齐心家邦兴。

全剧终

伽蓝记

人物表

柳如风——青衣
吴 广——武生
杨衒之——老生
长 者——老生
武 将——武生
住 持
小和尚

序幕

【场灯亮。

【画外音（《洛阳伽蓝记》序言）：

至武定五年，岁在丁卯，余因行役，重览洛阳。城郭崩毁，宫室倾覆，寺观灰烬，庙塔丘墟，墙被蒿艾，巷罗荆棘。野兽穴于荒阶，山鸟巢于庭树。游儿于竖，踯躅于九逵；农夫耕老，艺黍于双阙。麦秀之感，非独殷墟，黍离之悲，信哉周室。京城表里凡有一千余寺，今日寥廓，钟声罕闻。恐后世无传，故撰斯记。然寺数最多，不可遍写，今之所录，上大伽蓝。其中小者，取其详世谛事，因而出之。先以城内为始，次及城外，表列门名，以远近为五篇。余才非著述，多有遗漏。后之君子，详其阙焉。

第一场　独寄相思

场景：洛阳颓败景象（投影）

【杨衒之上。

杨衒之　啊呀呀，此乃北魏故都洛阳是也。忆往朝繁华，
　　　　岁月悠悠，如今这般光景却好不叫人心伤。看那
　　　　城郭崩毁，宫室倾覆，寺观灰烬，庙塔丘墟，墙
　　　　被蒿艾，巷罗荆棘。野兽穴于荒阶，山鸟巢于庭
　　　　树。倍增兴亡之感，心生感叹，乃有一则传奇。
　　　　恐后世无传，遂执笔记之，名嘱《洛阳伽蓝
　　　　记》，留与后人观之。何惧断景颓垣，唯恐折煞
　　　　各位看官。

【杨衒之下。

【幕布拉开。

一座古刹，雨声淅沥。

【吴广敲打木鱼。

吴　广　一代武夫奈何沦为禅人，本应赤心奉国，无奈身
　　　　经百战乃受重伤。听闻文帝节节败退，气急败坏
　　　　错伤忠臣，心生感慨。戎马一生，保国卫家如此
　　　　何来？苟且偷生，只为洛阳一见。

吴　广　（唱）芙蓉如画柳随风，
　　　　　　　多少嗔痴烟雨中。
　　　　　　　远望回首故城事，
　　　　　　　不觉襟湿泪朦胧。

吴　广　（白）这蒙蒙烟雨倒是让我想起了一位故人。

吴　广　（唱）听君令率军至赴洛阳城，
　　　　　　　缘分至真情痴私订终身。

奉命征离别苦奈何情深，

从远别到如今始终一人。

送日走盼星归日月沉沉，

怨孤衾秋意冷满腔遗恨。

哀雨声悲宿命独守空门，

草木深剩相思落地生根。

【远处传来寺庙敲钟的声音。

吴广继续敲打着木鱼，口里念着《六祖坛经》。

【场灯渐暗。

【吴广下。

第二场　徒守孤城

都城洛阳。

洛阳城门。

【柳如风、吴广上。

柳如风　真的要离开？

吴　广　北魏来犯，奉命出征。国恨家仇，背负在肩。我
　　　　　不能不走。

柳如风　可是什么时候回来？

吴　广　等打完这一仗我即刻回来。

吴　广　（唱）千金觅玉杵，

　　　　　　　　殷勤手自将。

　　　　　　　　云英如有意，

　　　　　　　　亲为捣玄霜。

【柳如风拿出一个布包，递给吴广。

柳如风　这里边是我在灵山寺为你求的护身符，你要记得
　　　　　时刻带着它，这样不论战事如何惨烈，它都会保

你平安归来与我相见。这布包是我绣的，上有一株柳树随风飘荡，这一生只待一人。

【吴广将布包塞进衣服里，握住柳如风的手。

吴　广　待到我重归洛阳之时，就是你我喜结连理之日。我一定会回来的，等我。

【柳如风拭去眼泪。

柳如风　我等你。

【吴广上马状，柳如风哽咽。

柳如风　（唱）生与共，死相从，一诺千金重。
　　　　　　离别苦，相思疼，都付立谈中。
　　　　　　空折柳，望君留，俱任冷秋风。
　　　　　　妾有意，郎有情，分别洛阳东。

【吴广下场。

柳如风　旁人总言离别苦，奈何相思更甚。自从别后，一望千里盼君归。

柳如风　（唱）式微，式微！胡不归？微君之故，胡为乎中露！

柳如风　正可谓——
　　　　　　放眼欲穿，只恐郎归去。
　　　　　　欲穷千里，只为一人踪。

【柳如风下场。

【杨衒之上。

杨衒之　世间当有奇女子也，自如如风一般。无嗔痴怨此类种种，只将寸寸相思赋予笔端，以慰离别之苦。自此别后，悠悠数十载岁月，风雨无阻，独守城门。虽不可执子之手，与子偕老，却也要死生契阔，与子成说。正是"秋风清，秋风明，落叶聚还散，寒鸦栖复惊。相思相见知何日，此

时此夜难为情"。可叹奇缘无对错,世间男女多
嗔痴。

【场灯暗。

【场灯亮。

【柳如风上。

柳如风　自他别后三载有余矣,日日相思断肠盼君归。离
愁别绪剪不断,弱女独抗聚与散。一念为系乃万
般执着,石板之上只待君归。

柳如风　（唱）东都洛阳有儿郎,
　　　　　　　痴情不忘世无双,
　　　　　　　日日望眼石板上,
　　　　　　　点点相思欲断肠,
　　　　　　　多少月夜短松岗。
　　　　　　　叹燕京,
　　　　　　　年轻郎,
　　　　　　　保卫国土何惧敌疯狂。
　　　　　　　人来犯,
　　　　　　　敌入疆,
　　　　　　　马革裹尸多少壮士殇。
　　　　　　　只求得,
　　　　　　　郎平安,
　　　　　　　胜利归来一笑解冰霜。

【吴广上。

吴　广　只叹人生如戏柳如风,古今多少事,都付诸洛水
桥东。

柳如风　吴郎……

【柳如风伸手欲碰,可吴广渐行渐远。（快步下）

【场灯渐暗。

【柳如风坐在石板上一只手撑着头作睡状。

【长者上场。(此时场灯渐亮)

长　者　　(轻声地喊)姑娘,姑娘!洛浦风寒,姑娘可
　　　　　别着凉了啊!

柳如风　　(惊醒状)原来,原来是梦。

长　者　　姑娘可是在此等人?

柳如风　　等的是一位故人,这一别竟已三载有余了。
　　　　　(叹气)

长　者　　可是一位公子?

柳如风　　料得时光荏苒,纵然是年轻,他也恐因相思多了
　　　　　一缕白发。

长　者　　可否告知这位公子姓甚名谁?在下看姑娘每日都
　　　　　在城门石板上坐着守待归人,竟也触景情深想起
　　　　　我与我那苦命的妻子,自分别以来已有二十余载
　　　　　矣,也不知她是生是死,如是生,是否也像姑娘
　　　　　一样盼望着我回到久别的家乡。

柳如风　　先生,您……(哽咽)他名唤吴广,原是驻守
　　　　　洛阳的将军,后应征战场为国征战,东去三载有
　　　　　余,至今未归。

柳如风　　(唱)忆往事思故人愁肠寸断,
　　　　　　　　洛水畔城门东意冷心寒。

柳如风　　本以为三载已是肠断至极,可怎叹世间更有悲悯
　　　　　之人。今日石板上坐,一老一少话故人。安得相
　　　　　思红鸟寄,三载音书惹人急。愁思哀绪叹情稀。
　　　　　他可是曾许下承诺,一定会归来娶我。

长　者　　因为这个承诺,你等了他三载有余?

柳如风　　自他走后便音信全无,我也只好凭断信念将相思
　　　　　付诸笔端。也不知道能否再与他相见,亲手交予

他饱含相思的这数纸红笺。

长　者　姑娘的故事真真可叹，世间乃少如此至情至性之人。我记住了，我这一去正是向东，定然为姑娘打听他的踪迹。待到在下回来洛阳之时，便是你们相见之日。

柳如风　如此则烦劳先生了。如果今生还能与他相见，我二人定当感激先生的大恩大德！

长　者　姑娘客气了，姑娘实乃至情至性之人，老朽也定当助你一臂之力。

【长者下。

【场灯暗。

【场灯亮。

柳如风　苦等数载年华而不见故人归来，心中好不苦闷，他可还平安，匆匆岁月，他可又添了几丝白发？东边可如同洛阳这般雨斑斑打湿了城墙，一日一日变得颓废与不堪？我在胡乱思忖些什么？

【马蹄嘶鸣，武将骑马归来。

柳如风　（拦住这位武将）您可知道吴广将军的消息？

武　将　在下不知，在下在岭南当差，未曾听说过吴广将军，对不住了，姑娘再问他人吧！

柳如风　多谢了。（言语间有一丝失望）

【武将下。

柳如风　也是，他是东向，他在岭南，如何会认识呢？（叹息）

【场灯暗。

第三场　别无归期

都城洛阳。

二十年后。

【画外音：

　　　　别期若有定，千般煎熬又如何。

【青石板上柳如风独坐。

来往人群，熙熙攘攘。

一匹快马进城，城门遂开，坐在马上的将士高喊。

将　士　人群避让，八百里急报，北魏全线出击，强渡黄
　　　　河，不日即将进攻都城洛阳！八百里急报，北魏
　　　　全线出击，强渡黄河，不日即将进攻都城洛阳！

【柳如风一惊，立起。

【人群立马散开，皆逃命。

【柳如风独立，泪水决堤。

守城将士　姑娘，你快走吧，我们奉命即刻关闭城门，为
　　　　了保证你们的安全，闲杂人等一律不许出城，
　　　　你快找个地方避一避吧！

柳如风　（唱）洛阳城东桃李花，

　　　　　　　飞来飞去落谁家？

　　　　　　　洛阳儿女惜颜色，

　　　　　　　坐见落花长叹息。

　　　　　　　今年花落颜色改，

　　　　　　　明年花开复谁在？

　　　　　　　已见松柏摧为薪，

　　　　　　　更闻桑田变成海。

　　　　　　　古人无复洛城东，

今人还对落花风。

年年岁岁花相似，

岁岁年年人不同。

柳如风 想不到今日这偌大的洛阳城竟也容不下我这样一个女子！也罢，也罢，我且走吧！如此一别，不知何日是归期。归期若有定，千般煎熬又如何！

【长者匆忙上，与柳如风遇见。

长 者 姑娘，我正找你呢！我从别后便一路向东打听吴广将军的名字，直至边境终于打探到了消息，吴广将军在一场战役中身受重伤，生死未卜。对不起，我还是没能将他带回来。（拭泪）

柳如风 （哭）吴郎，吴郎……

长 者 （叹气）唉……

【场灯暗。

背景声：洛阳失守！

背景声：北魏迁都洛阳，庆贺新帝登基。

第四场 遁入空门

洛阳伽蓝寺。

柳如风 （唱）数十年风雨苦等，

繁华里倒转年轮。

剪愁绪行人纷纷，

故国都草木情深。

无归音折煞故人，

弱女子空守城门。

心憔悴，国破家亡，香消玉殒，无奈遁入
空门。

无奈何，青玉石板，泪水洗尘，萧萧一路
扬风。

住　持　姑娘心意已决？

柳如风　（唱）国破家亡北魏迁都洛阳，

物是人非虚等数十韶光。

月满亏离合苦总是心伤，

洛浦寒凄别惨使人断肠。

泪千行思知己能有几人，

梦醒罢泪难干无人话衷肠。

夜长酒阑灯花长，

独倚洛水小桥旁。

日日盼君君不归，

盼得个国破家亡。

弱女子身寄佛址，

泪无声抛却忧伤。

柳如风　（白）但曾相见便相知，

相见何如不见时。

安得与君相决绝，

免教生死作相思。

我心意已决，请您剃度吧！

【场灯暗，柳如风、住持下场。

【合声曲　合唱：

相思长相思，相思苦相思。

相思肠断绝，相思泪还续。

相思不可彻，莫作相思曲。

【场灯亮。

【杨衒之上场。

杨衒之　说的是这柳如风因相思，故人不见，国破家亡，无奈遁入空门。世间多少痴儿郎，为情来去几匆忙，十载苦等不寻常，不如一碗孟婆汤。孟婆汤，要把往事全忘。也不至如此相思，泪湿青衫，让人断肠。流光容易把人抛，红了樱桃，绿了芭蕉。风又飘飘，雨又萧萧。人来人往故人少，独坐寒台把酒浇，惹得怜爱多少？只不过匆匆过桥，泪湿客袍。惊闻城门号，洛阳失守，城郊长野蒿。

【场灯暗。

【场灯亮。

寺院。

住持在敲打着木鱼。

住　持　阿弥陀佛。

小和尚　方丈，如风她示寂了！

住　持　阿弥陀佛，善哉，善哉。红颜薄命，终究难逃香消玉殒的宿命，可叹世间更有痴似如风之人！
　　　　（对小和尚）走罢！

【小和尚和住持走圆场。

【画外音（杨衒之）：
　　　　情不知所起，一往而深。
　　　　生者可以死，死可以生。

第五场　一往而深

洛阳。

【吴广一袭百姓衣裳上场。

【抬头仰望洛阳城楼。

【画外音（老者）：

　　　　她会在城墙之下石板之上等着你回去娶她。

吴　广　物是人非，徒增万千心伤。真真是："十年生死
　　　　两茫茫，不思量，自难忘。千里孤坟，无处话凄
　　　　凉。纵使相逢应不识，尘满面，鬓如霜。"

【吴广抚摸那块石板，却没有看到故人的踪迹，泪水不由
自主地滴落。

【画外音（柳如风）：

　　　　十年生死两茫茫，不思量，自难忘。千里孤坟，
　　　　无处话凄凉。纵使相逢应不识，尘满面，鬓
　　　　如霜。

吴　广　（环顾四周）如风，是你吗？

【长者闻讯上场。

长　者　你可是吴广吴将军，曾向东征战驻守边疆？

吴　广　正是在下，您怎生知道我？

长　者　有一位姑娘曾在此等了你数十年直至洛阳失守变
　　　　成北魏的都城。国破家亡，她无家可归，又没有
　　　　等到故人，万念俱灰只好遁入空门，在伽蓝寺香
　　　　消玉殒了啊！

吴　广　（大惊）如风她不在了？

长　者　至她故去之日已三载有余了。

吴　广　她最终还是没能够等来我！（啜泣）她可有信物

留下？

长　者　有桃木梳一把，另有书信让我转交将军（递给吴广一把梳子和一打用戳封好了的信）。

【吴广从中抽出第一封信拆开，红笺纸二张。

【画外音（柳如风）：

自君别后，数十载韶光，每日立于石板之上，东南望边疆，点点相思泪，夜夜断人肠。思君君不至，唯有泪千行。犹记洛阳城门送君别，白驹过隙，尘满面，鬓如霜。国破家亡，北魏迁都洛阳。憔悴损，一腔忧思满怀忧愤女子独抗，无力为国邦。伽蓝寺里把君忘，无奈没有孟婆汤。浮屠塔里也痴狂，换得一曲相思两岸哀伤。青丝成雪泪成霜，佛门风雨也无常。万里远望，东南方，春去秋来叶渐黄，思君不见洛浦旁。

【吴广将红笺放入信封，抽出第二封。

【画外音（柳如风）：

洛阳失守，独入伽蓝寺。盼来盼去，盼不到故人至唯有生死不曾知。相思愁绪几人知，国恨家仇唯有忠心赤。

吴　广　（唱）故人难忘，一言承诺惹人断肠。

往事犹记，四尺红笺墨迹留香。

草木丛深，满目荒凉叩首坟上。

物是人非，白云悠悠过客苍苍。

静影沉璧，洛浦河畔哀歌未央。

（泪水落在纸上）

【吴广将桃木梳捧在手心放了心口。

长　者　将军保重啊！

【长者下。

吴　广　恭送先生。

【吴广拆开第三封信。

【画外音（柳如风）：

朱弦断，明镜缺，朝露晞，芳时歇，白头吟，伤离别，努力加餐勿念妾，锦水汤汤，与君长诀！

吴　广　如风，可是你？人生如戏，一朝一夕斗转生死之间，不料洛阳城畔竟是我们的诀别，可叹你我一片痴情，朝朝暮暮盼相见。此情此景无一不叫人泪下。罢了，罢了。可叹有缘无分，你终究还是没能够等来我！如风，我对不起你！

【吴广双腿一颤跪在了地上。

【场灯渐暗。

尾声　生死相许

【画外音：

问世间，情为何物，直教生死相许？天南地北双飞客，老翅几回寒暑。欢乐趣，离别苦，就中更有痴儿女。君应有语：渺万里层云，千山暮雪，只影向谁去？

【场灯亮。

【古刹。

【吴广敲打木鱼。

吴　广　繁华落尽，遁入空门。

折煞世人，夜来梦冷。

辗转一生，情债几本。

> 如你嗔痴，生死苦等。
>
> 几番年轮，一盏孤灯。
>
> 洛阳城门，草木丛生。
>
> 蓦然回首，不见故人。
>
> 不见故人，徒剩孤坟。
>
> 生死与共，如是我闻。

【杨衒之上。

杨衒之　世人闻之多有感慨，或曰真情可叹，或曰人事易分。听罢心情久久不能平复遂嘱笔以记之，取名云"洛阳伽蓝记"。

【场灯暗。

【杨衒之下场。

全剧终